Charly Weller
Gallus

Vom Autor bisher bei KBV erschienen:

Eulenkopf
Finsterloh
Katzenkönig
Totenwind
Bonames

Charly Weller, geb. 1951 in Marburg a. d. Lahn, ist von Hause aus Filmemacher. Nach seiner Jugend in Gießen und Wetzlar studierte er zunächst Theologie, es folgte das Jura- und Publizistikstudium in Berlin. Zwischenzeitlich betätigte er sich als Fotograf, Journalist, Taxifahrer, Versicherungsvertreter und Kinobetreiber. Nach der Regieassistenz unter Peter Fleischmann drehte er erste eigene Filme und wurde ausgezeichnet, u. a. mit dem *Prix du Jury* in Cannes und dem *Max-Ophüls-Förderpreis.* Er war Regisseur zahlreicher Folgen von TV-Krimi-Serien wie *Ein Fall für Zwei, Die Kommissarin, Im Namen des Gesetzes, Auf Achse* und anderen.

Sein erster Kriminalroman *Eulenkopf* wurde 2015 für den *Friedrich-Glauser-Preis* in der Sparte Debüt nominiert. Heute lebt er mit seiner Ehefrau Ritchie als freier Autor und Regisseur in der Nähe von Gießen und ist als Dozent an der Technischen Hochschule Mittelhessen tätig.

Charly Weller

GALLUS

KBV

Originalausgabe

www.kbv-verlag.de
E-Mail: info@kbv-verlag.de
Telefon: 0 65 93 - 998 96-0
Fax: 0 65 93 - 998 96-20
Umschlaggestaltung: Ralf Kramp
unter Verwendung von: ©_mycteria - www.fotolia.de
Lektorat: Volker Maria Neumann, Köln
Druck: CPI books Ebner & Spiegel GmbH, Ulm
Printed in Germany
ISBN 978-3-95441-479-6

Für meine Eltern
Hildegard & Karl

Und wenn du lange in einen Abgrund blickst,
blickt der Abgrund auch in dich hinein.

Friedrich Nietzsche

PROLOG

Schluss. Aus. Vorbei.

Es würde keine Rettung geben. Das wusste sie. Und sie wusste auch, dass es gerade mal noch drei Tage dauern würde, vielleicht vier.

Aber selbst, wenn es noch drei oder vier Wochen wären, an der Lage würde sich nichts ändern. Seine Tage waren gezählt. Das war die Wahrheit. Die traurige, unbarmherzige Wahrheit. Und dieser Wahrheit galt es nun ins Auge zu blicken. Es führte kein Weg dran vorbei. Er würde sterben. Aber nicht irgendwann, sondern bald. Sehr bald sogar.

Sie hatten ihm Morphium gegeben. Um nicht zu sagen, dass sie ihn damit vollgepumpt hatten. Er hatte geschrien und zusammenhanglose Sprachfetzen von sich gegeben. Seine Bewegungen hatten zusehends spastischere Formen angenommen. Sein Blick lieferte keine klare Abbildung mehr, verlor sich in sinnentleerten Wahnvorstellungen. Und überhaupt, wer war diese Frau, die da unentwegt seine Hand hielt, um ihn zu beruhigen?

Gegen Abend hatte sie sich davongestohlen. Die Nachtschwester hatte gesagt, sie solle sich einfach mal ausruhen. Sie könne sicher sein, dass er bei der Menge von Morphium, die ihm verabreicht worden sei, locker bis in den nächsten Vormittag hinein tief und fest schlafen werde. Das war beruhigend. Bevor sie ging, beugte sie sich noch einmal zu ihm hinunter. Leise flüsterte sie: »Schlaf schön, mein Liebster, morgen früh bin ich wieder bei dir. Ich liebe dich.«

Und wie aus einer fernen Galaxie klang seine schwache Stimme kaum hörbar zurück: »Ich liebe dich auch, mein Schatz.«

Als sie in das Taxi stieg, das der Pförtner ihr gerufen hatte, konnte sie nicht mehr. Sie musste ihrer Wut freien Lauf lassen, ihren Tränen, ihrem Schmerz.

Nachdem diese Verzweiflung sie fast zehn Minuten lang im Griff gehalten hatte, hob sie den Kopf in die Höhe und holte tief Luft. So wie jemand, der nach einer längeren Tauchstrecke endlich wieder über Wasser kommt.

Gleichermaßen wie aus einem Traum erwacht, nahm sie wahr, dass das Taxi durch die Gartenstraße in Sachsenhausen fuhr. Sie sah das Schimmern des Kopfsteinpflasters im Regen, die Straßenbahn, die ihnen entgegenkam. Und hinter einem der Fenster meinte sie wahrhaftig, ihren Mann erkannt zu haben: Lothar.

Das war das unumstößliche Zeichen dafür, dass sie grenzenlos überfordert war. Noch nie zuvor in ihrem Leben hatte sie Halluzinationen gehabt. Jedenfalls konnte sie sich nicht daran erinnern.

Einen Moment später kam ihr ein weiterer Name in den Kopf: Rocco. Oh, mein Gott, Rocco. Sie hatte ihn völlig vergessen. Wie mochte es ihm wohl ergangen sein?

Als der Notarztwagen am Morgen eingetroffen und es für Lothar um Leben und Tod gegangen war, hatte sie keinen Kopf mehr für irgendetwas anderes gehabt. Wie lange war das jetzt her? In ihrem Kopf ratterte eine innere Uhr rückwärts. Fast vierzehn Stunden mussten seitdem vergangen sein.

Oh Gott, so lange würde der arme Hund es nie ausgehalten haben, dachte sie. Bestimmt hatte er sich in seiner Not nicht mehr beherrschen können und einfach irgendwo hingemacht. Sie hoffte insgeheim, dass wenn ihre Befürchtung sich bewahrheitete, er sein Geschäft in der Küche erledigt hätte, auf die dort diagonal im Schachbrettmuster verlegten schwarz-weißen Fliesen. Denn denen wäre mit einer angemessenen Portion Sagrotan schnell beizukommen. Wogegen der hochwertige Teppichboden im Wohnzimmer auf Wochen hinaus Fäkaliengeruch ausdünsten würde. Wenn nicht gar die befallene Stelle herausgeschnitten und erneuert werden müsste.

Aber so, wie sie ihren Rocco kannte, hatte der sich bestimmt im Wohnzimmer auf den flauschigen Teppich erleichtert. Wie er es schon als kleiner Welpe bevorzugt getan hatte, um nur ja keine nassen Pfötchen zu kriegen.

Sie beugte sich vor zu dem Taxifahrer und versuchte, ihn dafür zu gewinnen, ein wenig schneller zu fahren. Ihr Hund sei nämlich seit fast vierzehn Stunden allein zu Hause.

»Und Sie glauben jetzt, dass er da noch nicht in die Wohnung gemacht hat?«, entgegnete der Mann, der eine Prinz-Heinrich-Mütze aus Leder aufhatte, wie sie ansonsten eher von hartgesottenen Bikern getragen wurden. »Das würde schon an ein Wunder grenzen. Aber egal, ändern könnte ich daran sowieso nichts. Denn ich kann nun mal nur so schnell fahren, wie die Straßenverkehrsordnung es mir erlaubt. Das heißt, innerhalb von geschlossenen Ortschaften gerade mal mit Tempo fünfzig, sofern es keine anderen Einschränkungen gibt. Ansonsten würde ich eine Ordnungswidrigkeit riskieren, was zur Folge haben könnte, dass ich vorübergehend nicht arbeiten dürfte. Und ich denke, dass Sie mir den Verdienstausfall für diese Zeit nur ausgesprochen ungern ersetzen würden.«

Pia bereute, den Mann überhaupt um einen Gefallen gebeten zu haben. Was aber nicht das Geringste daran ändern konnte, dass er recht hatte. Denn ob man nun fünf Minuten früher oder später daheim ankam, würde nichts an der Tatsache ändern, dass der Hund seine Notdurft definitiv nicht durch die Rippen geschwitzt hätte.

Als Pia endlich zur Haustür hereinkam, war Rocco vor Freude außer Rand und Band. Wie ein wild gewordener Brummkreisel sprang er laut bellend und wimmernd an seinem Frauchen hoch und konnte sein Pipi kaum bei sich behalten.

Damit hörte er erst auf, als Pia neben dem Sofa den mächtigen Haufen entdeckte, den er dort während ihrer Abwesenheit abgelegt hatte. In Erwartung schlimmer Bestrafung zog Rocco den Schwanz ein und verkroch sich hinter den specksteinbestückten Kaminofen, der eine Ecke des postmodern gestalteten Wohnzimmers zierte.

Nur mit der Schnauze hervorlugend, konnte er sich keinen Reim darauf machen, warum anstatt der bei solchen Vorfällen üblichen Beschimpfungen entschuldigende Lobhudeleien auf ihn niedergingen, weil man ihn so lange allein gelassen habe.

Und als ob das nicht schon verwirrend genug gewesen wäre, konnte er sich erst recht keinen Reim darauf machen, wo denn wohl sein Herrchen abgeblieben sein mochte. Sollte es wohl irgendwo vergessen worden sein? Oder war ihm womöglich etwas zugestoßen, dachte Rocco im Rahmen dessen, wozu Hunde fähig waren.

Im nächsten Augenblick waren diese Gedanken aber schon nicht mehr existent. Weil nämlich Frauchen seine Leine vom Haken der Flurgarderobe genommen hatte, was als unverkennbares Halali zum Gassigehen galt.

Erneut landete der eine oder andere Freudenspritzer auf dem Parkett, bevor Rocco endlich vor der Haustür einen amtlichen Schiss auf das dortige Rasenstück pflanzen konnte. Normalerweise schämte er sich, wenn er dabei beobachtet wurde, aber darauf konnte er in dieser Situation nun wirklich keine Rücksicht nehmen.

Anschließend sprang der Golden Retriever auf den Beifahrersitz von Pias Audi TT, wo er stolz thronte, während man zu dem Parkplatz des Rudererdorfes nach Oberrad fuhr.

Pia liebte diesen Ort, um dort nach Einbruch der Dunkelheit mit ihrem Hund spazieren zu gehen. Obwohl es nicht ungefährlich war, so abgelegen unterwegs zu sein, hatte sie nicht die geringste Spur von Angst. Denn zu sehr konnte sie sicher sein, dass Rocco aufgrund seiner Ausbildung zum Schutzhund jeden zerfleischen würde, der ihr böse wollte. Im Falle jedweder Bedrohung hätte sie nur das dem Hund antrainierte Codewort »Balla-balla« zum Einsatz bringen müssen, um den zutraulichen Kuschelhund in eine rücksichtslose Kampfmaschine zu verwandeln. Sie genoss es, so beschützt unterwegs zu sein, Roccos Freude über seinen Auslauf zu beobachten und den Blick auf die Skyline von Frankfurt hinter dem silbrig flirrenden Glanz des Flusses zu haben.

Pia parkte ihr Auto vor dem Haus der Rudergesellschaft Borussia. Beim alljährlichen Ironman befand sich hier der Wendepunkt der Marathon-Laufstrecke. Nach etwa anderthalb Kilometern auf dem Weg zwischen der dortigen Schrebergartensiedlung und dem Mainufer kehrten die beiden um. Kurz vor der Borussia nahm Pia auf einer Bank Platz. Rocco stellte sich nah zu ihr und genoss es, sein Fell gekrault zu bekommen.

Dabei sprach sie ihm zu, dass man jetzt ganz stark bleiben müsse. Rocco reagierte nicht. Was mochte das arme Tier wohl gedacht haben, als am Morgen plötzlich ein Blutstrahl aus Lothars Mund geschossen kam und er zu Boden gestürzt war. Hatte der Hund ahnen können, dass Pia im Uniklinikum nach einer zweistündigen Untersuchung die Nachricht erhalten würde, dass Lothar seinen Zusammenbruch nicht überleben würde?

»Warum das?«, hatte sie dem Arzt entgegengeworfen und die Diagnose nicht akzeptieren wollen. Und als er ihr die Hintergründe verständlich machen wollte, konnte sie das, was er sagte, weder nachvollziehen noch behalten. Alles, was bei ihr hängen geblieben war, war, dass ihr Mann sich schon viel früher in ärztliche Behandlung hätte begeben sollen und es nun zu spät sei, um ihm noch helfen zu können.

Sie konnte nun nicht mehr anders als erneut ihren Tränen freien Lauf zu lassen und sich auszumalen, wie ihr Leben in Zukunft ohne ihren Mann sein sollte. Ob sie weiterhin in ihrem Haus würde wohnen bleiben? Ob sie auch ohne ihn zu den Orten würde verreisen können, wo sie so gerne zusammen waren?

Und noch während diese Gedanken sie gefangen hielten und Rocco sie mit seinem treuen Blick schwanzwedelnd zu trösten versuchte, kam ein weißer SUV von der Gerbermühlstraße den Mainwasenweg heruntergefahren. Hinter dem Steuer war ein Mann zu erkennen. Er verlangsamte seine Fahrt auf Höhe des Stegs, der zum An- und Ablegen der Ruderboote im Wasser lag. Gleichzeitig fuhr er auf der Beifahrerseite die Scheibe herunter, um sodann einen Gegenstand in Richtung des Flusses zu werfen. Ohne Unterbrechung wendete der Wagen und fuhr wieder dahin zurück, wo er hergekommen war. Schließlich verlangsamte er abermals die Fahrt und kam zum Stehen. Der Mann stieg aus und stellte sich vor die Kühlerhaube des Wagens, wo er begann, den Reißverschluss seiner Hose aufzuziehen. So, wie er sich verhielt, schien er hundertprozentig sicher zu sein, dass niemand ihn beobachtete. Sein Strahl prasselte in hohem Bogen auf die Kühlerhaube.

Es war nicht das erste Mal, dass Pia einen Mann pinkeln sah, und in der Zeitung hatte sie auch schon öfter gelesen, dass dieses »Wildpieseln« mittlerweile mit Bußgeld geahndet wurde. Aber, dass jemand derart auf die Kühlerhaube seines eigenen Autos urinierte, war ihr noch nicht untergekommen.

Stumm beobachtete sie den Mann, bis er sein Geschäft verrichtet hatte. Danach zückte er ein Tempo-Taschentuch, um damit die Stelle trocken zu wischen, die er zuvor benetzt hatte. Schließlich beendete er sein seltsames Intermezzo damit, dass er zurück in seinen Wagen stieg und davonfuhr.

Als wieder alles ruhig war, näherten Pia und Rocco sich langsam der Stelle, wo der Mann zuvor etwas aus dem Autofenster geworfen hatte. Ganz offensichtlich hatte er dabei den Steg übersehen, der dem Ufer vorgelagert im Main schwamm. Weshalb das, dessen er sich entledigen wollte, auf der schwimmenden Pritsche gelandet war.

Zögerlich stieg Pia die Stufen hinunter zu dem Gegenstand, den sie ausgemacht hatte. Er lag nun im Mondschein metallisch schimmernd vor ihr. Sie beugte sich weiter hinunter und konnte zusehends deutlicher erkennen, worum es sich handelte: nämlich um eine Pistole.

1. BLANKE FELGEN

Er sagt, ich sei das schärfste Messer in seiner Schublade. Jawoll, das sagt er. Da käm keine andere ran. Keine.«

»Ach nee?«

»Nix ›ach nee‹. Der steht auf mich. Der will keine andere. Der will nur mich.«

»Wegen deinen blanken Felgen oder was?«

»Da braucht er wenigstens keine Angst zu haben, sagt er, dass ihm was abgebissen wird. Mit Steril-Pussys hat er nichts am Hut. Der braucht's dreckig. Der will mich. Einmal war ich ihm mit 'ner frischen Slipeinlage angetanzt. Da ist er fast ausgeflippt. ›Noch einmal‹, hat er sich abgespult, und ich bräuchte mich nie wieder blicken lassen. So ist er. Seine Frau, sagt er, wäre die Pest. Die hat vor dem Eingang zu ihrem Haus einen Vorbau hinstellen lassen. Wenn er heimkommt, muss er erst mal sämtliche Straßenklamotten in die Waschmaschine stopfen, die es dahat. Dann geht's ab in eine Schleuse, wo er von oben bis unten mit Sagrotan abgesprüht wird. Und im nächsten Raum liegen dann Anzieh-Sachen parat für ›im Haus‹. In seinem eigenen Haus. Das muss man sich mal vorstellen. Diese Frau ist die Geißel Gottes, sagt er. Zwischen ihren Beinen hat sie eine Eiswürfelmaschine, und wenn sie ihn einmal im Monat ranlässt, dann nur mit Gummi und Inkontinenzlaken auf dem Bettbezug. Für den bin ich die Erfüllung auf Erden, wenn du verstehst, was ich meine.«

»Hast du 'n Laberflash oder was?«

»Quatsch. Ich will dir nur vertickern, dass du dir wegen der Kohle kein' Kopp machen brauchst, dass ich morgen wieder bei Kasse bin, sonst nix.«

»Ich hatte gedacht, so Perverse stehen nur auf Fettleibige und Weiber mit Beinen in Gips?«

»Wassen Stuss.«

»Wie heißt'n der Tschabo noch mal, hast du gesagt?«

»Lothar. Lothar heißt der.«

»Und wo schafft er?«

»Hab ich doch gesagt, beim Finanzamt, also zuverlässig hoch drei.«

»Und der nimmt dich jedes Mal mit ins Hotel?«

»Jedes Mal. Jeden Dienstag. Gleich zur Frühstückspause. Auf den Mann ist Verlass. Hundertpro. Nach dem kannst du die Uhr stellen.«

»In was für ein Hotel?«

»Wozu willst du das wissen? Willst du eine von deinen Billo-Nutten auf ihn ansetzen? Vergiss es. Der ist mein Typ. Der ist kein Freiwild. Bei dem hat keine andere was verloren.«

»Komm mir bloß nicht so«, zischelte Himbeer-Toni und wiederholte seine Frage mit Nachdruck: »Wie-heißt-das-Hotel?«

»Keine Chance. Wenn mir da eine in die Quere kommt, der kratz ich die Augen aus. Da kannst du Gift drauf nehmen«, wurde Reinhild böse, obwohl sie selbst nicht sonderlich von dem überzeugt war, was sie da von sich gab.

Ihr war nur zu klar, dass ihre Karten nicht gerade die besten waren. Um nicht zu sagen, dass sie auf Gedeih und Verderb dem Wohlwollen dieses Schmierlappens von einem Dealer ausgeliefert war. Und von dem eigentlich niemand wusste, wie er richtig hieß. Bei seinen Dealer-Kollegen hieß er »Himbeer« und ansonsten »Toni«. Wie es außerdem hieß, sollte er es früher mal bis in die A-Jugend der Eintracht geschafft haben.

Wenn er in seinem weißen Seidenblouson mit Kapuze und rot aufgedrucktem Drachen auf dem Rücken auftauchte, ging am Kaisersack die Sonne auf. Messiashaft schwebte er dann mit seinen schulterlangen, schwarzen Haaren aus den Niederungen der B-Ebene hoch ans Tageslicht. Oder er führte nach dem Wechsel der Fußgängerampel von Rot auf Grün das vom Bahnhof in die Stadt strömende Heer von anzug- und kostümtragenden Tarifgesichtern an wie ein heroischer Feldherr.

Seine Paradedisziplin war fraglos, Weiber in feuchte Wallungen zu versetzen, wofür Reinhild aber schon lange nicht mehr empfänglich war.

Mit ihren 52 Jahren hatte sie die besten Zeiten schon lange hinter sich. Ganz zu schweigen von dem Waterloo, das sie in der letzten Nacht überstehen musste.

Ein Kerl hatte sie am Abend vorher aus dem *Moseleck* mit zu sich abgeschleppt. Komm mit, hatte er sie gekobert, dann kannst du mal wieder wie eine Prinzessin in einem richtigen Bett schlafen.

Natürlich war ihr von Anfang an klar gewesen, worauf diese rattige Sacknaht aus war. Aber als er dann noch geblubbert hat, er hätte auch eine Dusche, war Reinhild weich geworden. Wie ein Stück Butter in der Mittagssonne war sie dahingeschmolzen, als er fallen ließ, dass sie von ihm aus duschen könne bis nach Bagdad. So sind sie dann mit der Vierzehn ins Gallus gefahren und in die Idsteiner getigert.

Bei dem Pegel, den der Typ intus hatte, waren bestimmt keine ausschweifenden Leibesübungen mehr zu erwarten, dachte Reinhild sich, wenn er überhaupt noch einen hochbekam. In der Wohnung angelangt, hatte sie sich auch gleich ins Bad verzogen, um die Sachen durchzuwaschen, die sie gerade am Leib trug. Das war eine Garnitur von dreien, die sie ihr Eigen nannte. Die andern beiden befanden sich in ihrem Rucksack, in dem sie auch ihre gesamte restliche Habe stets bei sich trug. Sie wusste nicht, wann sie das letzte Mal etwas in einem Waschbecken hatte durchwaschen können anstatt in irgendwelchen versifften Kloschüsseln.

Nachdem sie ihre Klamotten zum Trocknen auf die Wohnung verteilt hatte und zu dem Riemengesicht ins Bett gekrabbelt war, gaukelte sie ihm eine monatliche Unpässlichkeit vor, woraufhin er sich mit einer Handmassage zufriedengab.

Bestimmt wäre diese Nacht für Reinhild in besserer Erinnerung geblieben, wenn nicht am nächsten Morgen zwei Bullen sie geweckt hätten. Die Uniformierten hatten gemeinsam mit einer Tusse in Jack-Wolfskin-Anorak vor dem Bett Aufstellung genommen und verlangten nach einer Erklärung dafür, was sie in dem Bett und überhaupt in der Wohnung zu suchen habe.

Noch während Reinhild ihre Siebensachen zusammensuchte, begann die Frau, bei der es sich im Übrigen um die Inhaberin der Wohnung handelte, loszuheulen. Wie ein Schlosshund flennte sie drauflos, wobei unschwer heraushören war, dass dies der vierte Einbruch innerhalb von drei Jahren gewesen sei. Und schon einmal habe jemand Fremdes in ihrem Bett geschlafen, was für sie so schlimm sei, dass sie sich ein neues gekauft habe.

Reinhild bekam Mitleid mit der Frau. Aufrichtig entschuldigend strich sie ihr über die Schulter, bis sie ohne jede Vorwarnung angeherrscht wurde: »Fassen Sie mich nicht an! Nehmen Sie verdammt noch mal Ihre Pfoten weg!!!«

Weil der Kerl aus dem *Moseleck* über alle Berge verschwunden war und man Reinhild ihre Geschichte mit ihm nicht abkaufen wollte, musste sie mit auf die Wache und bekam eine Anzeige wegen Einbruch und Hausfriedensbruch.

Wie sich herausstellte, war die mehrfach als Einbruchsopfer heimgesuchte Frau für zwei Wochen in den Alpen wandern gewesen, derweil der Kerl aus dem *Moseleck* sich wie auch immer in ihren vier Wänden häuslich niedergelassen hatte.

Das Schlimmste bei der Angelegenheit offenbarte sich aber, als Reinhild ihren Rucksack unter die Lupe nahm und entdecken musste, dass diese elende Drecksau nicht nur ihre gesamte Barschaft in Höhe von 42 Euro, sondern auch ihren Plastikbeutel mit vorneweg noch 30 Präsern darin sowie ihr Handy abgegriffen hatte.

Wenigstens war ihr Crack-Pfeifchen noch da und das rot-schwarze DIN-A5-China-Notebook, in das sie von Zeit zu Zeit Gedichte oder kleine Geschichten schrieb. Dieses Büchlein war ihre einzige Zuflucht, wenn mal wieder eine übermächtige Hoffnungslosigkeit sie heimsuchte, die schon seit Jahren ihre ungeliebte Begleiterin war.

Jetzt war sie ohne einen Cent und einzig und alleine auf Himbeer-Tonis Gnade angewiesen. Darauf, dass er ihr was Stoff überlassen würde, den sie erst morgen Mittag würde bezahlen können. Morgen Mittag, wenn Lothar, ihr »lieber Lothar«, wie jeden Dienstag einen Fuffi abdrücken würde.

»Ich werde dir sagen, warum ich wissen will, in welches Hotel ihr geht«, schwang der sündhaft gut aussehende Brutalo seine großkotzige Rede fort, »weil du mir nach wie vor achtzig Euro short bist und das die einzige Sicherheit ist für das Anschluss-Darlehen, das ich dir jetzt noch einräumen soll. Es dürfte dir doch wohl klar sein, dass man ohne Sicherheiten nun mal kein Darlehen kriegen kann. Ohne Arme keine Kekse sozusagen.«

»Was soll'n das? Glaubst du auf einmal, du wärst 'ne Bank oder was?«

»Für dich, Schätzchen, bin ich eine Bank. Und bevor wir ins Geschäft kommen, heißt das erst mal, meine Allgemeinen Geschäftsbedingungen akzeptieren. Alles klar?«

»Stell dich nur nicht so an. Du hast immer deinen Zaster gekriegt von mir. Morgen Mittag hast du die Kohle, Ehrenwort.«

»Nix, nix. Wenn der gute Lothar morgen Mittag kommt, hast du doch Geld. Also, wo ist das Problem?«

»Das Problem ist – Scheiße noch mal –, dass ich jetzt was brauche. Ich bin voll durch'n Wind. Wenn ich nicht gleich was spritzen kann, geh' ich vor die Hunde, dann kriege ich nie im Leben morgen einen guten Job auf die Reihe, verdammte Hacke.«

»Mach dir keine Sorgen. Du bist doch eine echte Fachkraft. Außerdem steht er ja auf dich. Er will doch keine andere, hast du gesagt. Also, brauchst du auch keine Angst haben.«

Reinhild wusste nicht mehr, was für Register sie noch ziehen sollte. Sie hatte fast zwei Stunden gewartet, bis Toni endlich am Kaisersack aufgetaucht war. Am liebsten hätte sie ihm eine in die Fresse gedonnert. Aber ihr war klar, dass das nichts gebracht hätte. Vermutlich hätte er ihre Hand im Anflug abgegriffen und ihr eine gescheuert, dass ihr Hören und Sehen verging. Wenn sie nicht sogar was im Gesicht abgekriegt hätte. Das wäre nicht gut gewesen, weil Lothar davon hätte abgeschreckt werden können. Schmutz und Pisse waren ihm egal, aber mit Blut wollen so Typen wie er nichts am Hut haben. Da kriegen die sofort Schiss, sie könnten sich Aids einfangen.

»Gib mir wenigstens ein paar Steinchen, komm her. Wenigstens das.«

»Was glaubst du, Schätzchen, glaubst du, ich bin die Mutter Theresa oder was?«

Es war klar, dass diesem abgewichsten Kaisersack-Adonis nicht beizukommen war, dass Reinhild nur weiter auf Granit beißen würde.

»Glaubst du, du bist der Einzige, der was zu verticken hat?«, startete sie einen letzten verzweifelten Anlauf.

Himbeer winkte sie mit zwei Fingern der rechten Hand zu sich. Als sie nah genug an ihm dran war, flüsterte er ihr ins Ohr: »Äußerste Vorsicht, ja. Sonst setzt's hier nämlich gleich 'n Platzverweis. Du weißt, was ich meine.«

2. MONA UND LISA

Es war früh am Nachmittag, als es klingelte. Klaus Volkmann war gerade mit dem Korrigieren einer Deutsch-Arbeit fertiggeworden. Ohne Hast und mit dem kleinen Zorro auf der rechten Schulter öffnete er die Tür.

Vor ihm standen zwei Männer in Freizeitjacken ohne erkennbare Markenzuordnung. Sie mochten Anfang dreißig sein und unterschieden sich im Wesentlichen dadurch voneinander, dass der eine gut zwanzig Kilo mehr auf den Rippen hatte als der andere. Außerdem trug er ein graues T-Shirt mit dem Aufdruck *New York* unter seiner Jacke, wogegen der andere ein Klemmboard in der Hand hielt und ein beigefarbenes Hemd trug, dessen zwei oberen Knöpfe offenstanden.

»Klaus Volkmann?«, fragte der Schlankere, woraufhin der Angesprochene witzelte: »Kommt drauf an, ob Sie mich meinen oder den kleinen Zorro hier.«

Mit einer entsprechenden Kopfbewegung gab er zu verstehen, dass er damit den kleinen possierlich dreinblickenden Waschbären meinte, der auf seiner Schulter saß.

»Entschuldigung«, sagte der Dicke und fuhr fort: »Wir kommen vom Polizeipräsidium Mittelhessen. Mein Name ist Keuscher, das ist mein Kollege Breitscheid.« Wie eingeübt streckten beide dem Hausherrn ihre Dienstausweise entgegen. »Es geht um die Anzeige, die Sie vergangenen Freitag erstattet haben. Weil bei Ihnen zwei Waschbären zu Tode gekommen wären.«

Breitscheid fügte ergänzend hinzu: »Darüber würden wir uns gerne mit Ihnen unterhalten.«

Als Ausdruck seiner offenbar ökologisch orientierten Lebenseinstellung trug Volkmann einen Pullover aus Naturwolle mit norwegisch anmutender Hirschgeweih-Applikation auf der Brust. Er bat die Polizisten mit angemessener Höflichkeit ins Haus und führte sie in die Küche zu einem Tisch, dessen Platte aus einem Baumstamm geschnitten und anschließend mit Öl behandelt worden war. »Nehmen Sie Platz«, bot er an und fragte, ob er ihnen etwas zu trinken anbieten könne.

»Vielen Dank«, lehnten beide unisono ab.

Volkmann nahm ebenfalls Platz: »Was kann ich für Sie tun, meine Herren.«

Breitscheid begann das Reden nach einem Blick in sein Klemmboard: »Nach unseren Unterlagen betreiben Sie eine Auffangstation. Ist das richtig?«

»Ja, das stimmt. Bereits seit fünf Jahren.«

»Was machen Sie da? Was kann man sich darunter vorstellen?«

»Wir kümmern uns um Tiere, die hilflos aufgefunden werden. Die nehmen wir auf, oder sie werden zu uns gebracht. Dann versorgen wir sie liebevoll und artgerecht, damit sie später wieder in ihren natürlichen Lebensraum ausgesetzt werden können. Wie zum Beispiel unser Zorro hier.« Stolz deutete er auf den zahmen Waschbären, der nun in seinem Arm lag: »Seine Mama wurde von einem Auto überfahren, als er gerade mal eine Woche alt war. Nachdem das Kerlchen zu uns gekommen war, haben meine Frau und ich ihn die ersten sechs Wochen alle zwei Stunden mit einem Nuckelfläschchen gefüttert. Tag und Nacht. Und jetzt? Schauen Sie ihn sich an.«

»Ein sehr schönes Tier«, pflichtete Keuscher bei, »da können Sie wirklich stolz drauf sein.«

»Das sind wir auch, gelle Zorro?«

Zorros wacher Blick aus seiner schwarzen Maskenzeichnung heraus wurde ungefragt als Zustimmung ausgelegt.

Breitscheid rang damit, Herrn Volkmann das Überstreifen eines Unterhemdes unter seinen Pullover anzuraten, weil er vom bloßen Anblick der Naturwolle auf der nackten Haut einen verschärften Juckreiz an seinem eigenen Körper verspürte. »Sagen Sie, Herr Volkmann«, kehrte er zum Grund ihres Aufenthaltes zurück, »waren die beiden Waschbären, deren Tod Sie zur Anzeige gebracht haben, ebenfalls zu Ihnen gebracht worden?«

»Ja natürlich. Wir verfügen hier in Lich über ein ansehnliches Netzwerk und guten Rückhalt in der Bevölkerung. Wenn irgendwo ein Tier aufgefunden wird, sind wir die erste Adresse. Aber das habe ich doch schon alles Ihren Kollegen auf dem Präsidium zu Protokoll gegeben.«

»Das stimmt«, antwortete Breitscheid und legte nach einem kurzen Blick in sein Klemmboard nach: »Hatten Sie denn in letzter Zeit mit jemandem Ärger? Ich meine, könnte es sein, dass jemand Ihnen böse wollte?«

»Allerdings, aber das hatte ich ebenfalls schon zu Protokoll gegeben. Und zwar mit den sauberen Damen und Herren von der Jägervereinigung. Weil die nämlich die Schonzeit für Waschbären ersatzlos streichen wollen, diese Mörder.«

»Gab es in dem Zusammenhang vielleicht einen besonderen Vorfall? Ich meine, sind Sie da mit jemandem persönlich aneinandergeraten? Hat Ihnen jemand gedroht oder so?«

Volkmann brauchte einen Moment, bevor er weiterreden konnte: »Entschuldigen Sie, meine Herren, aber warum genau sind Sie hergekommen?«

»Weil wir uns ein Bild von der Sachlage verschaffen wollen. Das ist alles.«

»Von der Sachlage? Was stellen Sie sich denn bitteschön darunter vor?«

»Ihre Lebenszusammenhänge, das Geschehen, das der Tötung der beiden Tiere vorausging. Solche Dinge halt, die für unsere Ermittlungen von Bedeutung sein könnten.«

»Für Ihre Ermittlungen? Für das, was hier passiert ist, braucht es keine Ermittlungen. Das liegt auf der Hand. Hier ist ein kleiner Waschbär ermordet worden. Und niemand anders könnte ein Interesse daran haben, so etwas zu tun als diese blutrünstigen Jäger. So sieht's doch aus.«

»Zwei«, ließ Keuscher kommentarlos einfließen.

»Zwei was?«

»Zwei Waschbären. Sie sagten eben, es sei ›ein kleiner Waschbär‹ zu Tode gekommen.«

»›Zu Tode gekommen‹, wie sich das anhört! Wie mal zufällig gestorben.

»Wann haben Sie die beiden toten Tiere gefunden?«

»Am Morgen.«

»Am Freitagmorgen, ja?«

»Richtig.«

»Und wann?«

»Kurz vor sieben. Ich schaue immer kurz vor sieben nach den Tieren, bevor ich mich fertigmache für die Schule.«

»Sie sind Lehrer?«

»Richtig. Deutsch und Geschichte. Spielt das etwa eine Rolle?«

»Im Prinzip nicht, nein. Aber nachdem Sie die beiden toten Tiere gefunden haben, was haben Sie dann getan?«

»Was soll ich schon getan haben?«

»Wir wissen es nicht. Sagen Sie es uns.«

»Ich habe meine Frau gerufen.«

»Aus dem Haus, ja?«

»Ja, sie war dabei, sich fertigzumachen, weil sie ebenfalls zur ersten Stunde Unterricht hatte.«

»Welche Fächer gibt sie?«

»Jetzt hören Sie aber auf. Was soll das denn alles mit den Morden zu tun haben, die hier begangen wurden. Warum vernehmen Sie nicht die Mitglieder der Jagdvereinigung?«

»Herr Volkmann«, wechselte Keuscher seinen Tonfall in einen Klartext-Modus, »mein Kollege Breitscheid und ich kümmern uns mit all unserem Wissen und Engagement entsprechend unseren Dienstvorschriften darum, dass Ihre Anzeige gewissenhaft bearbeitet wird. Wenn Sie dagegen irgendwelche Einwände haben, steht es Ihnen selbstverständlich frei, die Rücknahme Ihrer Anzeige in die Wege zu leiten. Dafür bräuchten Sie lediglich die Staatsanwaltschaft in Gießen in Kenntnis zu setzen. Aber solange wir von dort keine andere Anweisung erhalten haben, führen wir unsere Ermittlungen so durch, wie wir es für richtig halten. Habe ich mich klar genug ausgedrückt?«

Das hatte gesessen.

»Was war Ihre Frage«, gab Volkmann klein bei.

»Welche Fächer unterrichtet Ihre Frau?«

»Englisch und Sport.«

»Und als sie an dem Morgen zu Ihnen kam, was haben Sie dann gemacht?«

»Wir beide?«

»Ja?«

»Wir haben getrauert, getrauert und geweint.«

»Wie lange?«

»Eine gefühlte halbe Stunde.«

»Anschließend?«

»Wir sind dann ohne Frühstück direkt in die Schule gefahren.«

»Zusammen?«

»Ja.«

»In Ihrem Auto?«

»Ja, in meinem Koleos.«

»Das ist ein Renault, ja?«

»Richtig.«

»Und sind Sie auch wieder zusammen nach Hause gekommen?«

»Nein, ich hatte die beiden letzten Stunden frei. Sie nicht. Ich habe sie dann später abgeholt.«

»Und dann?«

»Dann haben wir sie beerdigt.«

»Die Waschbären?«

»Ja natürlich. Wen denn sonst?«

»Zusammen?«

»Ja, zusammen.«

»Und wo?«

»Im Garten.«

»Hier bei sich?«

Volkmann nickte stumm.

»Dürften wir uns die Stelle mal anschauen, wo Sie das gemacht haben?«

»Das Grab?«

»Genau.«

Volkmann musste sich auf die Zunge beißen, um nicht erneut das Vorgehen der Polizisten zu rügen. Er führte sie hinaus in den Garten, wo er Zorro in ein Gehege sperrte.

»Sehen Sie das«, sagte er zu den Polizisten, »er riecht, dass hier seine Artgenossen ermordet wurden.«

»Das heißt, hier haben Sie die toten Tiere an dem Morgen aufgefunden?«

»So ist es. Das ist der Tatort. Wollen Sie nicht Ihre Kollegen von der Spurensicherung hinzuziehen?«

»Im Moment noch nicht«, sagte Keuscher und machte ein paar Fotos mit seinem Smartphone.

»Wo ist eigentlich Ihre Frau«, fragte Breitscheid, »ist sie auch da?«

»Nein, leider nicht. Sie besucht eine Freundin in Bad Nauheim. Kommen Sie.«

Er führte die Polizisten zu einer Stelle etwa fünf Meter von der Terrasse des Hauses entfernt, wo ein kleines Holzkreuz ohne Aufschrift inmitten frisch aufgeworfener Erde stand.

Er sagte: »Ich habe meinen Lötkolben meinem Cousin ausgeliehen. Er will ihn mir morgen zurückbringen, dann werde ich die Namen eingravieren.«

»Welche Namen?«, fragte Keuscher.

»Mona und Lisa. So hießen unsere beiden Lieblinge.«

»Verstehe«, nuschelte Keuscher und hockte sich neben die noch lockere Erde, von der er eine Handvoll durch die Finger seiner rechten Hand rieseln ließ. »Hier haben Sie also die beiden Waschbären vergraben, ja?«

»Richtig, das ist ihr Grab.«

Keuscher stand wieder auf: »Okay, dann werden wir uns das mal anschauen.«

»Bitte was?«, reagierte Volkmann mit angemessener Empörung, »was meinen Sie damit?«

»Draußen warten zwei Mitarbeiter des veterinärmedizinischen Instituts der Justus-Liebig-Universität. Die werden die beiden Tiere jetzt ausgraben.«

»Wozu denn das?«

»Um sie zu obduzieren.«

Volkmann bekam augenblicklich gelbe Mundecken. »Unterstehen Sie sich. Für so eine Exhumierung brauchen Sie einen richterlichen Beschluss. Das ist eine Störung der Totenruhe. Das steht unter Strafe.«

»Um eine Exhumierung handelt es sich nur, wenn ein menschlicher Leichnam ausgehoben wird. Bei Tieren handelt es sich im rechtlichen Sinne um Sachen, weshalb für das Ausgraben von Kadavern keine entsprechenden Vorschriften gelten.«

Noch während Keuscher mit den Ausführungen zu der bevorstehenden Maßnahme beschäftigt war, hatte Breitscheid mit seinem Handy eine Nummer angewählt. Unmittelbar nachdem er eine Verbindung hatte, sprach er in das Telefon: »Alles klar, ihr könnt kommen.« Dann ließ er eine Frau und einen Mann in weißen Ganzkörper-Overalls mit Kapuzen, Atemschutzmasken und Gummihandschuhen zur Haustür herein. Der Mann trug zudem einen schwarzen Pilotenkoffer und die Frau eine Plastikkiste in der Form einer Kühltasche sowie einen Spaten.

»Ich habe Sie in mein Haus gelassen«, intervenierte Volkmann, »weil Sie gesagt haben, Sie wollten sich mit mir unterhalten. Das war eine Falle. Sie haben kein Recht zu dem, was Sie hier machen. Verlassen Sie sofort mein Grundstück!«

»Sorry, Herr Volkmann, aber wir waren davon ausgegangen, dass Sie mit uns kooperieren, weil wir gleichermaßen wie Sie ein Interesse daran haben, den Tod Ihrer Tiere aufzuklären.«

»Kooperieren? Sie haben keine Handhabe, sich in meinem Haus aufzuhalten! Also bitte ...!«

Da hatte er sich aber geschnitten, denn im nächsten Moment zog Breitscheid einen richterlichen Durchsuchungsbeschluss aus seinem Klemmboard hervor und präsentierte ihn dem Hausherrn.

Unbeirrt von dem turbulenten Geschehen machten die vermummten Veterinärmediziner sich mit ihrer entsprechenden Gerätschaft daran, Mona und Lisa freizuschaufeln.

»Sie haben mich gelinkt«, fuhr Volkmann mit seiner Schimpftirade fort, »das haben Sie. Außerdem bezieht dieser Beschluss sich nur darauf, mein Haus zu durchsuchen. Davon, dass Sie tote Körper ausgraben und mitnehmen dürfen, steht darin kein Wort.«

»Bei dem, was wir hier machen, Herr Volkmannn, handelt es sich um das Sicherstellen von Beweismaterial im Zusammenhang mit einer Sachbeschädigung. Und da reicht nun mal ein Beschlagnahmebeschluss.« Mit diesen Worten klappte Breitscheid erneut sein Klemmboard auf, wo er auch sogleich den Beschlagnahmebeschluss parat hatte. »Hier bitte«, reichte er ihn dem Hausherrn.

»Das wird Folgen haben«, sagte dieser, während er das Schreiben durchging, »das nehme ich nicht einfach so hin.«

In Volkmanns Auflehnung hinein rief der Veterinärmediziner: »Herr Kommissar ...«

Keuscher wandte sich um ging zu dem Mann. Nach einem kurzen Wortwechsel kehrte er zurück. »Herr Volkmann?«

»Ja?«

»Wissen Sie, was der Dr. Morgenstern mir gerade gesagt hat?«

»Woher denn? Ich war ja nicht dabei.«

»Dass an der Stelle, die Sie uns gezeigt haben …«

»Dem Grab«, korrigierte Volkmann.

»Wie auch immer. Auf jeden Fall aber, dass dort nur der Kadaver von einem Waschbären gefunden werden konnte.«

Stille.

»Sie hatten uns doch vorhin eindeutig erklärt, dass Sie zwei Waschbären vergraben hätten?«

3. SAMBURU DOUGLAS

Tagsüber sengende Hitze, Staub und Laufen, Laufen, Laufen. Zwei Stunden hin zur Karen-Blixen-Primary-School von Maralal, zwei Stunden zurück. Und wenn ein Treffen des Wernher-von-Braun-Clubs anstand, die gleiche Strecke noch ein zweites Mal am Tag.

In der Nacht fernes Kichern von Hyänen, durchsetzt vom Brüllen einsamer Löwen oder Trompeten schlafloser Elefanten. Mit dem Rücken auf der warmen Erde Afrikas unter dem Mond, den stundenlang zu beobachten ihn ausmalen ließ, einmal dort oben zu landen und auf die Erde herabzublicken.

Er lebte mit seinen Eltern und sieben Geschwistern in einer kleinen Samburu-Ansiedlung der Ngari Hills in der nordkenianischen Hochebene. Alles, was es hier gab, waren Savanne, Rinderzucht und die farbenprächtigen Perlenketten, die die Mädchen zum Tanz trugen und die sie von Männern gefertigt bekamen, die sie damit für ihre zumeist inzestuösen Belange reservierten.

Der Wernher-von-Braun-Club bestand aus einem guten Dutzend Mädchen und Jungen zwischen sieben und achtzehn Jahren. Douglas Kepkali wurde zum Vorsitzenden der vereinsorientierten Formation gewählt, als er zwölf geworden war. Damit war er so etwas wie ein Häuptling im Bereich wissenschaftlicher Annexion.

Mit ihren Treffen im Andenken an den deutschen Raketenkonstrukteur informierten die jungen Leute sich über alles, was das Weltall hergab. Unterstützt vom Goethe-Institut in Nairobi sowie der dortigen American-Express-Niederlassung arbeiteten sie – so gut sie es eben konnten – die ihnen kostenfrei zugesandten Publikationen aus der Welt des Raumflugs durch oder diskutierten anstehende Fragen wie zum Beispiel, ob menschliches Leben auf dem Mars möglich sei.

Mit der Aufnahme in den Kreis der angestammten Samburu-Krieger kam es dann aber zu einem Ereignis, das das Leben von Douglas Kepkali von Grund auf verändern sollte.

Und zwar war eine Frau aus Nairobi zum Begräbnis einer Tante nach Maralal angereist. Und wie sich herausstellen sollte, handelte es sich bei besagter Dame um niemand Geringeren als die ehrenwerte Catherine Ndereba, die als Marathonläuferin landesweite Popularität genoss. Wie genau es dazu kam, dass die mehrfache Weltmeisterin und Olympiateilnehmerin mit Douglas Kepkali in Kontakt kam, konnte im Nachhinein nie verlässlich ermittelt werden. Aber des ungeachtet führte eine Empfehlung ihrerseits dazu, dass Douglas von dem kenianischen Leichtathletikverband zu einem Sichtungslauf nach Nairobi eingeladen wurde. Dabei schnitt er so beeindruckend gut ab, dass er in die renommierte Laufakademie nach Eldoret im Norden des Landes aufgenommen wurde.

Danach dauerte es drei Jahre, bis er im englischen Cardiff an der Halbmarathon-Weltmeisterschaft teilnehmen und hinter Geoffrey Kipsang Kamworo den zweiten Platz belegen konnte. Nach Maralal zurückgekehrt, präsentierte er stolz die Silbermedaille, die er errungen hatte. Was seine Freunde in dem Zusammenhang jedoch am meisten interessierte, war, ob Douglas in Cardiff eine Antilope gefangen habe. Weil ein Samburu nun mal nur dann als guter Läufer akzeptiert wurde, wenn er eine Antilope einzuholen und sie umzureißen vermag. Insofern konnte Douglas' Erfolg nur sehr halbherzig Anerkennung finden. Zumal er auch nicht damit punkten konnte, reichlich Schillinge eingestrichen zu haben. So musste er sich zum Beispiel vorhalten lassen, dass der äthiopische Langlauf-Star Haile Gebrselassie es mit den Einnahmen aus seinen Läufen zu sechs Hotels in Addis Abeba gebracht hätte.

Weil die in Mombasa erscheinende *Daily Nation* einen großen Bericht über Douglas Kepkali veröffentlicht hatte, meldete sich kurz darauf ein Fotograf namens Jürgen bei ihm. Der Deutsche kam später auch angereist und eröffnete, in der Vergangenheit einer Reihe von Läufern zu fetten Einnahmen aus Siegprämien und Werbeeinnahmen und somit zu teuren Autos, stattlichen Villen und scharfen Bräuten verholfen zu haben. Es dauerte gerade mal eine Woche, bis Douglas zusammen mit einem Läufer aus Iten, einem weiteren Lauf-El-Dorado Kenias, im Flugzeug nach Mombasa saß. Von wo aus man gemeinsam mit zwei Läufern aus Äthiopien weiter nach Deutschland flog. Douglas fand die Konstellation anfangs alles andere als lustig. Denn für kenianische

Läufer gab es nun mal nichts Schlimmeres als von einem Äthiopier geschlagen zu werden. Schlimmer wäre es allenfalls noch, hinter einem Weißen ins Ziel zu kommen – oder gar einer Frau.

In den acht Monaten, die Douglas sich seitdem zum Geldverdienen im reichen Ausland befand, hielt er tapfer Briefkontakt zu seiner Heimat. Regelmäßig vermeldete er, sich stets bester Gesundheit zu erfreuen und aufgrund anhaltender Erfolge ein Leben in Saus und Braus zu führen.

Zur Untermauerung seiner Ausführungen legte er immer wieder Fotografien bei, die ihn bei Siegesfeiern in exklusiven Destinationen und bisweilen auch im Kreis hochkarätiger Persönlichkeiten zeigten – wie zum Beispiel Angela Merkel, Emmanuel Macron oder Donald Trump. Seine umfangreiche Familie präsentierte stolz diese Fotos, die ihnen in ihrem gesellschaftlichen Umfeld Tür und Tor öffneten, um als über jeden Bonitätszweifel erhabene Persönlichkeiten umgarnt zu werden.

So war es nur eine Frage der Zeit, bis neben der Anschaffung von Mopeds, Autos und schicker Kleidung auch ein Haus in Maralal angemietet wurde, das zukünftig als Zentrale des Wernher-von-Braun-Clubs fungieren sollte. Für eine ebenfalls in dem Anwesen zu beherbergende Sternenwarte war bereits eine Firma in Mombasa zur Installation der optischen Gerätschaft von der deutschen Firma Leitz beauftragt worden.

Und was die Kosten für das alles angehe, so brauche Douglas sich überhaupt keine Sorgen zu machen. Das werde alles erst zu bezahlen sein, wenn er wieder nach Hause komme.

4. HOCHZEITSGLOCKEN

Regina hatte ihr Auto im eingeschränkten Halteverbot abgestellt. Sie wollte nicht zu spät kommen, obwohl sie sicher sein konnte, dass ihre Mutter vermutlich nicht mehr wusste, für wann sie sich verabredet hatten.

In der Zeit, seit ihre Mutter in der Senioren-Residenz untergebracht war, hatte ihre Vergesslichkeit zusehends schlimmere Formen angenommen. Aber diesmal konnte es möglicherweise anders sein. Denn heute hatte ihre Mutter sie angerufen und gesagt, dass sie sie unbedingt sprechen müsse. Also hatte Regina sich ins Auto gesetzt und war losgefahren.

Am Eingang wusste man bereits, dass Regina erwartet wurde. »Die Mama sitzt schon im Aufenthaltsraum«, wurde sie begrüßt. Dabei handelte es sich um einen großen Raum, der den sterilen Charme früherer Mitropa-Raststätten an den DDR-Autobahnen konserviert zu haben schien.

Als Regina auf ihre Mutter zuging, zog ein freudiges Lächeln in deren Gesicht.

»Wie geht es dir, Mama?«, fragte Regina, um zur Antwort zu bekommen: »Gut, mein Liebes, sehr gut sogar.«

»Du siehst auch total gut aus. Wie ein junges Mädchen.«

Die Mutter giggelte verschämt über das Kompliment.

Regina setzte sich auf den Stuhl neben ihre Mutter und ergriff deren Hand. »Was gibt es denn so Wichtiges, Mama?«

»Was?«

»Na ja, du hattest mir doch am Telefon gesagt, dass du mich unbedingt sprechen müsstest.«

»Ja?«

»Ja, das hattest du gesagt.«

»Stimmt, ich erinnere mich.«

Regina wartete einen Moment, damit ihre Mutter sich fertig erinnern konnte. Dann sagte sie: »Also?«

»Also was?«

»Worüber wolltest du mit mir sprechen?«

»Ach, Kind«, ergriff nun die Mutter ihrerseits Reginas Hand, »ich muss in letzter Zeit so oft daran denken, wie das war, als der Papa von uns gegangen ist.«

»Das war schrecklich. Ich weiß.«

»Warum sagst du das?«

Regina erinnerte sich genau, wie ihr Vater gestorben war. Monatelang hatte er damit hinterm Berg gehalten, dass bei ihm Lungenkrebs diagnostiziert worden war. Als er es nicht länger geheim halten konnte, war es zu spät. Wenn es nicht schon viel früher längst zu spät gewesen war. »Weil ich mich so gut daran erinnere«, fuhr Regina fort, »an die Zeit, als er nur noch im Bett liegen konnte und sein Husten gar nicht mehr aufhören wollte. Dass er immer öfter Blut spucken musste, bis es dann irgendwann nicht mehr ging.«

»Erinnerst du dich auch noch an den Tag, als er dann gestorben ist?«

»Ja, Mama. Ich weiß es noch ganz genau. Ich war unterwegs, und du hattest mich angerufen, dass es mit ihm zu Ende geht. Ich hatte mich sofort losgemacht. Aber als ich im Krankenhaus ankam, war es schon zu spät.« Sie nahm ihre Mutter in den Arm und drückte sie an sich: »Ich hab dich so lieb, Mama.«

»Ich hab dich auch so lieb, mein kleines Mädchen«, entgegnete die Mutter und fügte hinzu: »Kennst du das, dass man manchmal morgens aufwacht und denkt, dass das doch nicht alles gewesen sein kann?«

»Was meinst du denn damit, Mama?«

»Heute Morgen hatte ich alles noch mal vor Augen, wie das war mit Papa. Und ich muss sagen, eigentlich fand ich das alles gar nicht so schlimm.«

Regina konnte in dem Moment nicht anders, als ihrerseits die Umarmung zu lösen. Was hatte ihre Mutter da eben gesagt? Hatte die Demenz ihre Erinnerungsfähigkeit so sehr verklärt, dass sie den Dingen, die sich in ihrem Leben zutrugen, Bedeutungen beimaß, die sie schlichtweg nicht hatten?

»Als er wusste, dass es nur noch ein paar Minuten dauern würde«, fuhr sie fort, »nahm er ganz fest meine Hand. Und dann hat er gesagt: ›Monika, wenn noch mal einer kommen sollte, der es durch und durch ernst mit dir meint, und du meinst, dass er auch ganz in Ordnung ist, dann …‹« Nun musste sie weinen.

»Dass du dich noch einmal auf einen anderen Mann einlassen solltest?«

»Ja, so hat er es gemeint«, schluchzte sie.

Regina blickte sich um. Die Damen vom Service-Bereich hatten ihr Gespräch unterbrochen und schienen, stumm nach unten blickend, genau mitzuverfolgen, was da geredet wurde.

Regina sagte: »Du meinst …?«

Reginas Mutter nickte stumm. »Ja, mein Kind, es ist soweit.«

»Soll das heißen, du hast jemanden gefunden?«

»Ja, mein Schatz, ich habe noch mal jemanden gefunden.«

»Das ist doch schön.«

»Ja, das ist sehr schön. Und wir haben auch schon einen Termin.«

»Einen Termin wofür?«

»Na, wofür wohl?«

»Um zu …«

Regina brachte den Satz nicht zu Ende.

»Doch, Regina, ich werde noch mal heiraten.«

In die Stille hinein, die nun den Aufenthaltsraum heimsuchte, erklang Reginas Handy. Sie ließ es noch zweimal klingeln, bevor sie sich meldete und nach kurzem Zuhören entgegnete: »Okay, ich komme.«

5. EGON

Egon hatte bereits zahlreiche Einsätze nach Erdbeben in der Türkei, China und den Philippinen hinter sich. Dass nun seine Dienste nahe des Licher Ortsteils Muschenheim in Anspruch genommen werden sollten, war darauf zurückzuführen, dass in einem dortigen Waldstück ein toter Waschbär abgelegt worden war, den es aufzuspüren galt. Der dreijährige, schokoladenbraune Labrador Retriever war einer der wenigen in Hessen beheimateten Leichenspürhunde. Gemeinsam mit seinem Hundeführer Thorsten Rinn war er von Marburg aus angefordert worden. Thorsten Rinn war die Gegend nicht unbekannt. Lich kannte er von einer Brauereibesichtigung her, und Muschenheim von dem alljährlich stattfindenden Männerballett-Turnier, an dem er schon einmal teilgenommen hatte. Unmittelbar nach der Ankunft verkündete der Hundeführer höflich, aber bestimmend, dass man sich nur ja von Egon fernhalten solle, um ihn nicht mit unnötigen Eindrücken zu überfordern. Dann ließ er den Hund erst einmal ausgiebig sein Revier markieren.

Weil es eine Weile gebraucht hatte, bis Klaus Volkmann sich erinnern konnte, das Waschbärweibchen Lisa in einem Waldstück zwischen den Ortsteilen Bettenhausen und Muschenheim beigesetzt zu haben und nicht, wie anfangs behauptet, in seinem Garten, war die Laune der Polizisten doch deutlich in den Keller gerutscht. Der Lehrer hatte sich damit herausgeredet, dass er Lisa dortselbst hätte beerdigen wollen, weil sie als Baby ebenda aufgefunden worden sei, bevor sie in seine Obhut gekommen sei. Er schilderte, dass seinerzeit eine Frau bei der Polizei einen toten Waschbären auf der Landstraße gemeldet habe. Und während sie auf das Eintreffen der Beamten gewartet habe, habe sie ein jämmerliches Winseln aus dem Wald vernommen. Das sei Lisa gewesen.

Weil dann vor Ort aber nach umfangreicher Suche die Stelle nicht mehr auszumachen war, wo Volkmann die vermeintliche Beerdigung zelebriert haben wollte, und Dr. Morgenstern durch Tippen auf das Glas seiner Armbanduhr signalisiert hatte, dass sein zeitliches Kontingent nicht unerschöpflich sei, wurde von der Hundestaffel in Marburg ein Leichenspürhund angefordert. Während der Wartezeit auf Egon hatten die Veterinärmediziner ein Camping-Pavillon errichtet, um in dessen Schutz schon mal Monas Obduktion anzugehen.

Obwohl Volkmann dieses Geschehen nur aus der Ferne beobachten konnte, war es ihm doch schier unerträglich, weshalb er sich immer wieder in seine untröstliche Verzweiflung verlor: »Was sind das nur für Menschen, die so etwas tun können?«, und Keuscher anflehte: »Sie müssen den oder die Mörder finden. Bitte, versprechen Sie mir das.«

Als nach Rinns Eintreffen die Sachlage erörtert worden war, öffnete dieser ein Plastikbehältnis, in dem sich ein Stück Stoff befand, das von Leichengeruch kontaminiert war. Er ließ Egon eingehend daran schnüffeln, bevor die beiden sich über das Waldstück hermachten. Rinn unentwegt Egon anhaltend: »Such schön, such. Such schön, such ...« Gleichzeitig dem Hund alle Zeit der Welt einräumend, weil ja nun mal keine Eile geboten war. Denn Lisa – so sie denn an besagter Stelle abgelegt worden war – ja nicht mehr entfliehen konnte.

Es dauerte eine ganze Weile, bis Egon plötzlich anschlug und wild mit seinen Pfoten im Waldboden zu buddeln begann. Rinn seinerseits ergriff sogleich das Halsband des Hundes, um ihn zurückzuziehen und ihn mit einem belohnenden Stück Fleischwurst abzulenken. Die anschließende Ausgrabung an der besagten Stelle wurde von allen Beteiligten mit großer Spannung verfolgt.

Dr. Morgenstern selbst führte den Spaten sorgsam in das Erdreich, um auch nur ja nicht eventuell eine im Nachhinein nicht rekonstruierbare Beschädigung zu riskieren. Jeder Spatenstich rieselte sorgsam über das aufgrund seiner Abnutzung blinkende Metall des Grabwerkzeugs, bis etwas zutage trat, das von den Anwesenden doch mit allgemeiner Verwunderung registriert wurde.

Dr. Morgenstern ging in die Hocke und beugte sich dicht hinunter, um den seltsamen Fund mit den Worten zu kommentieren: »Das ist ein Ohr.«

Was von den anderen sodann ebenfalls in Augenschein genommen und bestätigt werden konnte: »Tatsächlich, es handelt sich eindeutig um ein menschliches Ohr.«

6. MUND ZU MUND

Roman hatte sich für den Nachmittag freigenommen. Er wollte noch mal in Ruhe alles durchgehen, was bei der Prüfung am kommenden Vormittag drankommen könnte. Als er nach der Mittagspause den Eingangsbereich des Präsidiums passieren wollte, rief der Pförtner ihm zu, dass gerade nach ihm gesucht worden sei.

»Von wem?«, wollte Roman erfahren.

»Kroko«, antwortete der Kollege knapp, womit der Einsatzleiter Frank Krokoczinski gemeint war.

»Und was hat er gewollt?«

»Keine Ahnung – Augenblick«, antwortete der Kollege und wählte eine Nummer.

»Er ist jetzt hier«, sprach er ins Telefon und reichte den Hörer durch die Sprechöffnung der Frontscheibe zu Roman.

»Hallo«, meldete der sich, während er durch die großflächige Verglasung im Innenbereich des Präsidiums unbewusst eine Frau die Treppe herunterkommen sah.

Sie mochte Mitte vierzig sein und trug hellblaue Jeans zu weißen Segeltuchschuhen und einer beigefarbenen Bluse unter einer ebenfalls hellblauen Strickjacke mit Glitzersternchen im Ausschnittbereich. Irgendwie schien die Frau schwach auf den Beinen zu sein. Denn von Stufe zu Stufe begann sie mehr zu straucheln, bevor ihr schließlich die Knie gänzlich wegknickten und sie wie in Zeitlupe zu Boden ging.

Roman legte unmittelbar den Hörer zur Seite und bedeutete dem Pförtner, ihn durch die Eingangssperre zurück ins Innere des Präsidiums zu lassen. Mit wenigen Schritten war er bei der Fremden.

»Hallo«, sprach er sie an, »hallo, können Sie mich hören?«

Weil die Frau keinerlei Reaktion zeigte, gab Roman ihr in der Hoffnung, sie aus ihrer Ohnmacht zurückzuholen, zwei leichte Ohrfeigen. Aber auch darauf keine Reaktion. Während zwei uniformierte Beamte aus dem Eingangsbereich hinzutraten, öffnete Roman die Bluse der Frau. Knapp unter ihrem schwarzen BH setzte er mit beiden Händen an, um ihr – wie irgendwann mal in einem Erste-Hilfe-Kurs gelernt – eine Herzdruckmassage zu verabreichen. Dafür zählte er jeweils schulbuchmäßig »drei, zwei, eins« herunter, um anschließend einen beherzten Druckstoß auf den Brustkorb folgen zu lassen.

Nachdem er diese Behandlung mehrere Male durchgeführt hatte, forderte er einen der umstehenden Kollegen auf, ihn abzulösen. »Auf, hopp«, sagte er, »einfach weitermachen.«

Und während der Kollege die Herzdruckmassage in dem vorgegebenen Rhythmus übernahm, machte Roman sich daran, die Frau von Mund zu Mund zu beatmen. Er brachte ihren Kopf in eine leicht nach hinten abgeknickte Lage, hielt ihr die Nase zu und verabreichte ihr mehrere Atemstöße in den Mund, jeweils nachdem sein Kollege einen Druck auf ihr Herz vollzogen hatte.

Zwischendurch hörte er jemanden sagen, dass ein Notarztwagen verständigt und bereits unterwegs sei, bis der Frau plötzlich tatsächlich die Augen aufsprangen. Roman wirkte sofort auf sie ein, sich ruhig zu verhalten.

»Es wird gleich ein Notarzt hier sein«, sagte er, »der wird sich um Sie kümmern. Bleiben Sie ganz ruhig.«

Während Roman die Frau in eine Seitenlage manövrierte, blickte sie ihn mit großen Augen an: »Wer sind Sie?«

»Das ist unwichtig jetzt. Bleiben Sie ganz ruhig.«

»Was haben Sie mit mir gemacht?«

»Sie waren gestürzt und hatten das Bewusstsein verloren. Mein Kollege und ich haben Erste Hilfe geleistet, damit Sie wieder zu sich kommen.«

»Warum? Warum haben Sie das gemacht?«

»Ich bin Polizist. Polizisten machen so was, wenn niemand anders in der Nähe ist, der helfen könnte.«

»Und wo bin ich hier? Was ist das?«

»Sie sind hier im Polizeipräsidium Mittelhessen. Erinnern Sie sich, dass Sie hierhergekommen waren?«

»Ich weiß nicht.«

»Wissen Sie vielleicht, warum Sie hier sind?«

»Ich war bei dem Kommissar.«

»Bei welchem Kommissar? Wissen Sie noch den Namen?«

»Der meinen Fall bearbeitet.«

»Können Sie sich nicht an den Namen erinnern?«

»Irgendwas mit Wrdlbrg.«

»Wrdlbrg?« Roman blickte zu dem Kollegen vom Empfang, der aber auch nur mit den Schultern zucken konnte.

»Oder so ähnlich«, fügte die Frau hinzu.

»Wissen Sie denn noch, warum Sie bei unserem Kollegen waren?

»Wegen den 35.000 Euro.«

»Was denn für 35.000 Euro?«

»Um die er mich erleichtert hat.«

»Wer? Der Kommissar Wrdlbrg?«

»Nein, der Helmut.«

»Wie heißt der denn weiter, dieser Helmut.«

»Weiß nicht.«

»Wissen Sie denn, wie Sie heißen?«, wollte Roman nun erfragen.

»Mareike«, antwortete die Frau zögerlich.

»Und wie weiter?«

»Rühl. Ich heiße Rühl. Mareike Rühl.«

Noch während Roman den Hintergrund für Mareike Rühls Aufenthalt im Polizeipräsidium in Erfahrung bringen wollte, traf der Notarztwagen mit Blaulicht und Martinshorn vor dem Präsidium ein. Eine junge, blonde Notärztin sowie ein Sanitäter mit langen Haaren, die er am Hinterkopf zu einem Dutt zusammengebunden trug, eilten im Laufschritt zu Frau Rühl, die nach wie vor in der Seitenlage auf dem Boden kauerte.

»Was ist denn passiert?«, fragte die Ärztin.

»Ich weiß es nicht.«

»Sie ist plötzlich weggeknickt und zu Boden gefallen«, fügte Roman hinzu, »danach war sie bewusstlos, und wir haben sie mit Herzdruckmassage und Mund-zu-Mund-Beatmung wieder zu Bewusstsein gebracht.«

Während der Sanitäter an seinem umfangreich bestückten Notfallkoffer hantierte, hörte die Ärztin den Brustkorb der Frau mit ihrem Stethoskop ab.

»Wir kennen uns doch«, sagte Mareike Rühl plötzlich in Richtung der Ärztin.

»Ja, woher?«

»Von der Aufnahme in der Vitos Klinik. Ich bin dort Krankenschwester.«

»Gut möglich«, antwortete die Ärztin, »ich habe dort öfters zu tun im Zusammenhang mit irgendwelchen Einlieferungen.«

»Nehmen Sie Medikamente?«, übernahm der Sanitäter das Wort, »müssen wir auf etwas achten, wenn wir Ihnen eine Spritze zur Kreislaufstabilisierung geben?«

»Äh äh«, entgegnete Frau Rühl verneinend.

»Gut«, sagte der Sanitäter und verabreichte ihr eine entsprechende Spritze in den Arm.

»Ich denke, wir nehmen Sie besser mal mit«, sagte die Ärztin sodann zu Mareike, »nicht, dass noch was passiert.« Dann wandte sie sich Roman zu: »Hat sie so etwas schon öfter gehabt?«

Noch bevor Roman etwas sagen konnte, klingelte das Handy der Ärztin. Sie zückte es aus ihrem weißen Kittel, hörte sich kurz an, was ihr vermeldet wurde, bevor sie dem Sanitäter weitergab: »Ein schwerer Unfall auf der B 457. Die brauchen jeden verfügbaren Wagen.« Und zu Roman gewandt fügte sie hinzu: »Wir verständigen von unterwegs einen Krankentransport, der die Frau

Rühl ins Klinikum bringen soll. Könnten Sie so lange bei der Frau bleiben, bis die Kollegen da sind?«

»Ja natürlich«, entgegnete Roman, derweil der Pförtner ihm erneut den Telefonhörer hinhielt: »Worstedt.« Er legte seine Hand über die Sprechmuschel und fügte in konspirativem Tonfall hinzu: »Kroko.«

7. NICHT SEIN TAG

Unmittelbar vor Roman Worstedt waren Regina Maritz sowie der Rechtsmediziner Dr. Ansgar Lindenstruth und das Spurensicherungsteam um Mario Krumpholz am Waldrand bei Muschenheim eintroffen. Das zuvor von dem Leichenspürhund Egon gefundene menschliche Ohr war in einem transparenten Behältnis mit einer Konservierungslösung sichergestellt worden. Dr. Lindenstruth nahm das in der Lösung schwimmende Ohr eingehend unter die Lupe, um festzustellen, dass die Abtrennung einen glatten Schnitt aufwies. Auf die Frage, ob das Ohr von einem lebenden oder einem bereits toten Körper abgetrennt worden sei und eventuell wieder angenäht werden könne, verwies Dr. Lindenstruth auf den abschließenden Obduktionsbefund, den er für den nächsten Nachmittag in Aussicht stellte. Da nun in der Luft lag, das abgetrennte Ohr könne von einer Leiche stammen, wurde Egon nochmals zum Durchspüren des Waldstücks in Anspruch genommen. Aber leider ohne Erfolg. Und offensichtlich schien der große Bahnhof, der sich zwischenzeitlich in Muschenheim eingestellt hatte, ihn mehr zu interessieren als seine aufreibende Suche im Unterholz.

Nachdem Keuscher und Breitscheid ihre Kollegen Worstedt und Maritz auf den aktuellen Kenntnisstand gebracht hatten, frotzelte Roman – in Anspielung auf den Getty-Fall aus dem Jahr 1973 – ob in letzter Zeit vielleicht ein Multimillionär mit dem ›abbene Ohr‹ seines Enkels erpresst worden sei.

Weil Regina entgegnete, dass er derartige Geschmacklosigkeiten ruhig für sich behalten könne, wandte er sich dem Lehrer zu, der zusammengesunken auf einem Baumstamm am Waldrand saß. »Herr Volkmann«, sagt er, »so wie es aussieht, ist heute nicht Ihr Tag.«

Volkmann brauchte nicht zu antworten, um Romans Aussage zu bestätigen. »Was passiert denn jetzt?«, wollte er wissen.

Keuscher antwortete: »Wir werden unsere Ermittlungsergebnisse an die Staatsanwaltschaft weiterleiten. Von dort werden Sie demnächst Post erhalten.«

»Warum denn das? Ich habe die Tiere doch nicht umgebracht.«

In dem Moment mischte sich Dr. Morgenstern ein. Er sagte: »Wenn ich mich an dieser Stelle kurz einmischen darf. Das stimmt, was der Herr Volkmann sagt. Unsere Obduktion des Waschbärweibchens Mona, das wir im Garten des Herrn Volkmann gefunden haben, ergab nämlich eindeutig, dass das Tier nicht durch äußere Gewalteinwirkung zu Tode kam. Vielmehr war das Tier von einem Staupe-Virus befallen und ist daran verendet. Allerdings nicht erst vergangenen Freitag, sondern bereits vor mehr als einer Woche.«

Diese Aussage erreichte die Anwesenden wie der Duft eines unangenehmen Geruchs, bis Volkmann meinte: »Wenn das so ist, gibt es ja wohl keine Veranlassung, die Staatsanwaltschaft anzurufen.«

»Die Staatsanwaltschaft wird nicht angerufen wegen Tötung von Tieren, Herr Volkmann. Unsere Ermittlungen richten sich auf den Verdacht zur Vortäuschung einer Straftat.«

»Aber das ist doch …«

Der Lehrer konnte seinen Satz nicht zu Ende bringen, weil Roman sich einmischte: »Warum haben Sie meine Kollegen ausgerechnet hierhergeführt, um vorzugaukeln, dass Sie einen Waschbären verscharrt hätten?«

»Verscharrt?«

»Nennen Sie es, wie Sie wollen. Wie sind Sie auf dieses Waldstück gekommen?«

»Was meinen Sie damit? Meinen Sie, dass ich jemanden umgebracht und ihm ein Ohr abgeschnitten habe, um es hier zu vergraben?«

»Haben Sie?«

»Was?«

»Haben Sie jemanden umgebracht und ihm ein Ohr abgeschnitten, um es hier zu vergraben?«

»Nein, das habe ich nicht, verdammte Scheiße!« Volkmann verlor zusehends mehr die Beherrschung: »Ich habe das doch nur …«

»Ja?«

»Wegen der Jäger.«

»Was haben Sie wegen der Jäger?«

»Die sollten mal richtig einen Denkzettel verpasst bekommen. Deshalb wollten wir ihnen unterschieben, dass sie zwei Waschbären umgebracht hätten.«

»Einfach so, ja?«

»Ja, einfach so. Diese Schweine haben es nicht besser verdient. Die würden doch am liebsten alle Waschbären umbringen, das ganze Jahr lang und überall.« Die Fragwürdigkeit seiner Einlassung wurde von den Umstehenden unkommentiert gelassen. Nichtsdestotrotz war Volkmann klar, dass er sich nur noch um Kopf und Kragen reden konnte. »Ich sage nichts mehr ohne einen Anwalt«, zog er die Notbremse.

»Das ist Ihr gutes Recht«, entgegnete Roman, »dann erwarten wir Sie beide morgen Vormittag um elf zu einer Vernehmung im Polizeipräsidium Mittelhessen. Wissen Sie, wo das ist?«

8. BÖREKLI

Vier Fenster waren in tausend Stücke zerbrochen. Der Sturm hatte Mauern eingerissen, Häuser abgedeckt und Karren in umliegende Äcker gegraben. Noch während das Unwetter über Börekli niederging, hatten die Männer des Ortes sich in der Moschee zusammengefunden, derweil ihre Frauen zu Hause beteten. Das Dorf in Ostanatolien am Fuße des schneebedeckten Palandöken hatte die Hälfte des Jahres mit Eis und Schnee zu kämpfen. Hinzu kamen die Frühjahrs- und Herbststürme, die stets verheerende Schäden anrichteten. Die vier Fenster, die in der Nacht zu Bruch gingen, waren rund und hatten jeweils einen Durchmesser von 80 Zentimetern – mit kunstvollen Darstellungen der vier Jahreszeiten aus Bleiglas.

Murat Yksel war in seiner Jugend ein talentierter Ringer gewesen. Er hatte landesweit erfolgreich an Turnieren teilgenommen. Dieses Engagement half ihm letztendlich auch nach Deutschland. Aufgrund der Empfehlung eines Frankfurter Sportkameraden vom Athletik-Sportverein Griesheim (ASV) fand er eine Anstellung bei der dortigen Entsorgungs- und Service GmbH (FES} in der Mannheimer Straße. Er war auf dem Wertstoffhof als Entsorgungshelfer im Bereich Sortierung tätig. Die Arbeit gefiel ihm gut, denn er war den ganzen Tag über an der frischen Luft, und die Anlieferer hatten seinen Anweisungen Folge zu leisten. Er war sozusagen jemand, der was zu sagen hatte.

Neben dieser aus seiner Sicht überaus verantwortungsvollen Tätigkeit gab es für Murat Yksel während seines Aufenthalts in Deutschland zwei Ereignisse, die sein weiteres Leben nachhaltig bestimmen sollten.

Zum einen gab es da seinen Eintritt in die Ringerstaffel des ASV. Gewissermaßen aus dem Mutterland des Ringens kommend avancierte er schnell zum Star der Ersten Mannschaft und war maßgeblich daran beteiligt, dass man nach sechs Jahren Hessenliga in die Oberliga aufsteigen konnte.

Zu dieser Zeit war er bereits seit zwei Jahren mit Aysal liiert. Die beiden waren zusammengekommen, weil der Vater von Aysal auf dem Wertstoffhof als Kollege von Murat gearbeitet hatte. Obwohl nie ein Wort darüber verloren wurde, konnte doch davon ausgegangen werden, dass Murat einiges hingeblättert haben musste, um das junge, hübsche Mädchen zur Frau nehmen zu dürfen.

Aysal war zu der Zeit gerade mal achtzehn und Murat bereits Mitte dreißig. Und obwohl sie sich ihren Mann niemals hätte aussuchen dürfen, war sie doch recht angetan von diesem kräftigen Mann, der rücksichtsvoll mit ihr umging und keinen Alkohol trank.

Dies alles ging so lange gut, bis Murat auf der Heimfahrt von einem Wettkampf einen Autounfall erlitt. Dabei wurde ihm das Lenkrad so schlimm in den Unterleib gerammt und die Beine eingeklemmt, dass sein rechtes Knie steif blieb und er keine Erektion mehr bekommen konnte.

Damit war nicht nur seine Karriere als Ringer beendet, sondern er konnte seine Arbeit auf dem Wertstoffhof nur noch mit Krücken ausüben, was zunächst zu mehr oder weniger begründeten Beschwerden der Kundschaft und schließlich zu seiner Kündigung führte.

Letztendlich waren diese Unzufriedenheiten darauf zurückzuführen, dass er aus Frust über sein neues Leben immer öfter zur Flasche griff und viel mehr als früher seine schlechte Laune an Aysal ausließ.

Schließlich hatte er von Deutschland so sehr die Schnauze voll, dass er wieder zurück wollte in seine Heimat. Und Aysal, die ihr ganzes bisheriges Leben in Deutschland verbracht hatte, wollte ihn nicht verlieren. Deshalb ging sie mit ihm zurück nach Börekli.

Was da auf die beiden zukam, kann nicht anders beschrieben werden denn als »harte Zeiten«. Murat musste sich mit schlecht bezahlten Aushilfsarbeiten als Ziegenhüter zufriedengeben, und Aysal wurde von den anderen Dorfbewohnern aufgrund ihrer unorthodoxen Lebensführung als Nutte verschrien.

So kam es, dass Aysal eines Tages keinen anderen Ausweg mehr sah, als sich das Leben zu nehmen. Als Murat an diesem Tag aus dem Haus gegangen war, legte sie sich in der Küche einen Strick um den Hals. Weil Murat aber seine unverzichtbare Regenhaut vergessen hatte, kam er noch mal zurück und schnitt den Strick kurzerhand durch. Als Aysal wieder zu sich gekommen war, sagte er: »Lass mich nur nach Hause kommen«, und ging zu seiner Arbeit. An diesem Abend war Aysal aber nicht mehr da, als er heimkam. Sie hatte sich das Nötigste in eine Tasche gepackt und war einfach davongelaufen.

Vier Wochen später war sie dann wieder in Frankfurt bei ihrer Familie. Dort war man nicht gerade begeistert über das, was sich in Börekli zugetragen hatte, nahm es aber hin. Erst als man mitbekam, dass Aysal sich eine Arbeit gesucht hatte, kam es zum großen Krach, und sie zog Knall auf Fall von zu Hause aus und wollte mit ihrer Familie nichts mehr zu tun haben.

Und wahrscheinlich hätte sich an diesem Zustand auch auf absehbare Zeit nichts geändert, wenn nicht Demir, Aysals jüngster Bruder, ihr eines Tages zufällig in Rödelheim auf der Straße begegnet wäre. Nachdem die Geschwister sich miteinander unterhalten hatten, musste Demir schwören, zu Hause Stillschweigen darüber zu bewahren, Aysal getroffen zu haben. Zum Abschied lagen die beiden sich weinend in den Armen. So stark war ihre gegenseitige Zuneigung.

Als es in Börekli darum ging, die vier zu Bruch gegangenen Fenster der Moschee wieder instand zu setzen, nahm Murat Kontakt zu einem Kunstglaser aus Erzurum, der größten Stadt Ostanatoliens auf, den er noch aus seiner Zeit als Ringer kannte. Der Mann hieß Deniz Aktuna und räumte den Muslimen von Börekli Ratenzahlung für die Instandsetzung der vier Fenster ein. Während der Arbeit in der Moschee kamen die Männer ins Gespräch. Sie tauschten sich über gemeinsame Erlebnisse als Ringer aus, und weil Deniz ebenfalls eine

Zeitlang in Deutschland gelebt hatte, kam man auch auf den ASV in Griesheim zu sprechen. In diesem Zusammenhang erwähnte er mehr oder weniger unbedarft, dass dort von einer gewissen Aysal geredet worden sei, die ihre Familie verlassen habe, um in wilder Ehe mit einem Deutschen zusammenzuleben. Murat wäre es lieber gewesen, wenn er von all dem nichts erfahren hätte. Denn während in Anatolien die Trennung zwischen Eheleuten gemeinhin gesellschaftlich akzeptiert wurde, galt der Betrug einer Frau mit einem anderen Mann als grober Regelverstoß. Wobei es oft vorkam, dass derartige Verstöße absichtlich verheimlicht wurden. Solange ein Verstoß gegen die Regeln nicht nach außen drang, trat auch kein Ehrverlust ein. Weil in Anatolien aber nun mal die Ehre eines Mannes davon abhing, inwieweit er Ehrverletzungen zu verhindern oder zu sanktionieren weiß, und nun zu befürchten war, dass Deniz Aktua das Geheimnis um Aysal nicht für sich behalten könnte, war Murat gefordert, eine Klärung der Angelegenheit herbeizuführen.

Also teilte er Aysals Vater in Frankfurt mit, was sich in Börekli zugetragen hatte. Und nahm ihn in die Pflicht, dass unter allen Umständen verhindert werden müsse, dass die Mitbewohner in seinem Dorf etwas davon erfuhren. Deshalb gebe es nur zwei Möglichkeiten, einen Ehrverlust zu verhindern. Entweder müsse Deniz Aktun für immer zum Schweigen gebracht werden, um sein Geheimnis nicht weitertragen zu können. Oder aber Aysals Vater müsse dafür sorgen, dass seine Tochter für ihre Verfehlung zur Verantwortung gezogen wurde.

9. BLUMEN STATT BRÄU

Wie es schien, war Klaus Volkmann wahrhaftig nicht die hellste Kerze auf der Torte. So jedenfalls kam man überein, als es auf der Rückfahrt nach Gießen um ihn ging.

Roman meinte: »Dieser Trottel müsste schon einen ziemlichen Sprung in der Schüssel haben, wenn er jemandem, den er umgebracht hat, ein Ohr abschneidet und hernach auch noch die Polizei zu der Stelle führt, wo er es verbuddelt hat.«

»Stimmt«, pflichtete Regina bei, »das würde vorne und hinten keinen Sinn ergeben. Eigentlich kann er einem nur leidtun.«

»Könnte er, ja«, sagte Roman, »aber was wollen wir machen?«

»Ihm vielleicht eine Tracht Prügel verabreichen?«

An einem anderen Tag hätten die beiden sich über so einen Spruch vermutlich ausgiebig amüsiert. Diesmal aber kam es nicht dazu, weil Roman seine Kollegin um einen Stopp an einer Tankstelle bat. »Ganz kurz nur«, sagte er, bevor er aus dem Wagen sprang und in den Kassenraum eilte.

Nur zu gerne hätte Regina ihn davon abgehalten, sich mal wieder mit Dosenbier einzudecken, aber er war einfach zu schnell gewesen. Umso mehr war sie anschließend darüber erstaunt, dass er den Innenraum der Tankstelle anstatt mit besagten Alkoholika mit einem Strauß Blumen verließ.

»Was ist denn los?«, fragte Regina, als er wieder zu ihr ins Auto stieg, »heute kein Billo-Bräu?«

Roman verkniff es sich, darauf einzugehen.

»Gibt es da etwas, was ich vielleicht wissen sollte?«

Anstatt darauf zu antworten, bat er seine Kollegin, ihn doch an der Uni-Klinik abzusetzen.

Nachdem Roman am Empfang des Klinikums Mareike Rühls Zimmernummer erfragt hatte, fuhr er mit dem Fahrstuhl in den vierten Stock.

Vor dem Zimmer eingetroffen kam ihm ein Arzt entgegen. »Herr Rühl«, sprach der ihn an, »Ihrer Frau geht es schon um einiges besser. Aber ich würde sie gerne noch bis morgen früh zur Beobachtung hierbehalten.«

Romans stummer Blick erreichte den Arzt als Einverständnis.

»Wir haben ihr ein Beruhigungsmittel gegeben, weshalb sie zeitnah einschlafen könnte«, verabschiedete er sich mit einem freundlichen Lächeln.

Im Innern des Zimmers lag Mareike Rühl mit starrem Blick zur Decke im Bett. Als Roman zu ihr trat, wandte sie sich ihm zu: »Sind Sie der Polizist, der mich gerettet hat?«

»›Gerettet‹ ist wohl ein bisschen übertrieben. Ich habe das gemacht, was jeder andere auch in so einer Situation gemacht hätte.«

Mareikes Reaktion war ein mildes Lächeln.

»Ich geh mal kurz nachgucken, ob ich eine Vase auftreiben kann«, kündigte Roman an, bevor er zurück auf den Flur verschwand.

Mareike nutzte seine Abwesenheit, um nach einem Blick in ihren kleinen Ausklappspiegel, dessen Ränder beleuchtet waren, rasch etwas Rouge nachzuschminken.

»Die sind aber schön«, bedankte sie sich für den Tankstellen-Strauß, als Roman wieder da war.

»Eine kleine Aufmerksamkeit. Nicht der Rede wert«, entgegnete er.

»Sie hatten mich geküsst?«

»Das war Erste Hilfe, Mund-zu-Mund-Beatmung. Das macht man so, wenn jemand ohnmächtig geworden ist.«

»Ich war ohnmächtig geworden?«

»Ja, das waren Sie. Sie waren die Treppe im Polizeipräsidium heruntergekommen, und auf der untersten Stufe sind Sie zusammengebrochen.«

»Und dann?«

»Dann bin ich Ihnen zur Hilfe gekommen.«

»Sie haben meine Bluse aufgemacht«, schien sie sich schemenhaft zu erinnern.

»Richtig, zur Durchführung einer Herzdruckmassage.«

»Ja, das stimmt.«

»Und ich hatte Sie gefragt, wo Sie vorher waren. Erinnern Sie sich?«

»Bei Ihrem Kollegen. Ich war bei Ihrem Kollegen.«

»Wegen der 35.000 Euro, richtig?

»Richtig.«

»Die Sie einem gewissen Helmut gegeben hätten?«

»Ja.«

»Warum eigentlich? Warum haben Sie diesem Mann 35.000 Euro gegeben?«

»Das Finanzamt hatte ihm das Konto gesperrt. Aus Versehen. Weil er seine Steuererklärung nicht rechtzeitig abgegeben hatte.«

»Und?«

»Und er brauchte das Geld, weil er für einen Auftrag in Vorleistung getreten war, der ihm ansonsten durch die Lappen gegangen wäre. Also bin ich zur Bank und habe ihm das Geld abgehoben. Das waren meine gesamten Ersparnisse. Davon wollte ich mich eigentlich mit einem Stoffladen selbstständig machen. Ich liebe Stoffe, verstehen Sie?«

Wie es aussah, handelte es sich bei Helmut um einen Heiratsschwindler, dem Mareike auf den Leim gegangen war. Von dem Moment an, als er sie abgeschröpft hatte, war er vom Erdboden verschwunden. Und unterm Strich konnte der Frau nur zugerechnet werden, dass sie sich so verdammt blauäugig auf den Kerl eingelassen hatte.

Schließlich sagte Roman: »Auch wenn es manchmal gar nicht danach aussieht, aber im Endeffekt gibt es meistens immer so etwas wie eine weltumspannende Gerechtigkeit. Glauben Sie mir. Es wird eine Zeit kommen, wo das Leid, das Ihnen angetan wurde, wiedergutgemacht wird.« Er konnte nur hoffen, dass er für diese Worte nie in die Pflicht genommen würde.

»Glauben Sie, dass das so ist, ja?«

»Ich glaube das nicht, ich weiß das. Und Sie sollten das auch.«

»Das sagen Sie doch nur, um mich zu trösten«, fuhr sie fort, und wenn Roman in dem Moment ehrlich gewesen wäre, hätte er darauf nur antworten können: Ja.

Stattdessen aber sagte er: »Wenn das nicht so wäre, würde alles, wofür ich jeden Tag aufs Neue als Polizist meiner Arbeit nachgehe, seinen Sinn verlieren.« Fast erschrak er vor sich selbst angesichts derart hehrer Worte. Nie im Leben hätte er sich ausmalen mögen, zu derartigen Äußerungen fähig zu sein. Eine unangenehme Pause stellte sich ein, bis Roman es nicht mehr aushielt. Er fragte: »Wie haben Sie diesen Helmut überhaupt kennengelernt?«

»Übers Internet. Über eine Kontaktanzeige im Internet. Das war nicht einfach. Es ist ja so schwer, einen anständigen Mann kennenzulernen. Mit den meisten hält man ja schon das erste Treffen nicht durch. Es ist so verdammt schwer.«

Während des letzten Satzes wurde ihre Zunge schwer wie Blei, und im nächsten Moment war sie auch schon weggeknackt.

10. MOON OVER TAUNUS STREET

Die Straßen voll von schwulen Bullen und läufigen Eskimos. Dazwischen Schwanzlutscher in dunklen Anzügen mit Kontoauszügen unter der Vorhaut und Nagellack-Nutten mit Kreditkarten im Schritt. Oh, Rektum, was magst du wohl anstimmen zum Heiligen Abend, wenn Atlas vom Bahnhof heruntersteigt und die neuen Riffs groovt zur jämmerlichen Entsaftung auf Barmer-Card.

Nur zu gerne hätte Reinhild weiter in ihr schwarz-rotes DIN-A5-Notebook geschrieben. Aber da stand plötzlich dieser Kerl vor ihr, der nicht mehr alle Tassen im Schrank hatte und gemeinhin »der Glatte« genannt wurde. Er baute sich vor ihr auf und sagte: »Hast du einen Plan?«

Sie war vorher in dem Konsumraum in der Elbestraße gewesen. Um einen der dort vorhandenen Plätze zur überwachten intravenösen Drogen-Verabreichung in Anspruch nehmen zu dürfen, musste man seinen Stoff selbst mitbringen. Reinhild hatte gehofft, einen der dort rumhängenden Junkies nach ein bisschen Heroin anschnorren zu können. Aber unmittelbar nach dem Betreten der

Einrichtung hatte eine junge Mitarbeiterin vor ihr gestanden und verlangt den Stoff zu sehen, den Reinhild sich vermeintlich verabreichen wollte. Weil sie keinen Stoff dabeihatte, kam sie ins Schleudern und begann, aufwendig in ihrem Rucksack zu kramen. Die junge Frau, bei der es sich offensichtlich wie bei vielen der in der Drogenhilfe tätigen Mitarbeiter um eine studentische Hilfskraft handelte, trug stichfeste Latexhandschuhe und hatte ihre Haare zu einem Pferdeschwanz zusammengebunden.

»Was soll das?«, motzte Reinhild los, »glaubst du, ich komme hier ohne Stoff an oder was?«

»Du darfst hier nur rein, wenn du die Drogen, die du dir verabreichen willst, selbst mitbringst. Das sind die Regeln.«

»Regeln, Regeln, wo sind wir denn hier? Wenn ich nicht zum Drücken herkäme, würdest du auf der Straße liegen.«

»Zeig mir einfach deinen Stoff. Dann ist alles in Ordnung.«

Wieder auf der Straße hatte Reinhild noch mal zurückgeplärrt: »Scheiß Studi-Fotze!« Was aber schon niemanden mehr interessiert hatte.

Als der Glatte sie jetzt nach ihrem Plan fragte, entgegnet sie: »Was denn für einen Plan? Einen Fahrplan oder was?«

Der Mann tänzelte vor ihr von einem Bein aufs andere wie Jethro-Tull-Flötist Ian Anderson zu seinen besten Zeiten, und bewegte sich in Spasti-Manier, als wäre Joe Cocker wiederauferstanden. Er sagte: »Wenn du keinen Plan hast, das ist Scheiße. So ist das nun mal. Also, hast du einen Plan?«

Reinhild wusste nicht, was der Spinner wollte. Aber das völlig unpassende Grinsen, das mehr und mehr in sein Gesicht zog, machte ihr Angst. »Was hast du dir eingepfiffen«, fragte sie, »dass du hier rumhüpfen musst wie ein Paradegaul vom Zirkus Sarrasani?«

Der Glatte grinste noch mehr. Weshalb Reinhild auch noch mehr Angst bekam. Sie hatte sich in der Mannheimer Straße auf eine Mauer gesetzt und die Leute beobachtet, die in abfahrende Fernbusse stiegen oder mit ebensolchen ankamen.

Hier, am Zentralen Busbahnhof, konnte sie sicher sein, nicht gleich von der Bahnpolizei davongejagt zu werden. Wenn die kämen und was wollten, könnte sie sagen, dass sie auf jemanden warte, der mit einem der nächsten Busse eintreffe. Und dass das ja wohl nicht verboten sei.

Und während sie den Menschen zusah, die aus den Bussen ein- oder ausstiegen, kamen in ihr Erinnerungen hoch an Zeiten, als sie auch noch hatte verreisen können. Verreisen und sich Dinge leisten, von denen sie heute nur noch träumen konnte. »Eines Tages werde ich auch wieder verreisen«, sagte sie sich, »da werde ich mir auch im Internet ein Ticket kaufen und dann komme ich mit einem schicken Koffer auf Rollen hierher und steige in einen der Busse und dann ab dafür, bin ich einfach weg, jawoll.« Sie wusste, dass sie aufpassen musste, denn schon zu oft war es passiert, dass sie in solchen Momenten ihre Tränen nicht mehr bei sich behalten konnte. Dann zogen die Bilder durch ihren Kopf, was sie alles in ihrem Leben verbockt und verloren hatte, dass sie nur noch heulen konnte.

Um jetzt und hier aber nicht den traurigen Bajazzo zu geben, griff sie wie so oft in solchen Situationen zu ihrem rot-schwarzen China-Büchlein. Es war ihr Trostspender Nummer eins. Mit dem, was sie da notiert hatte, konnte sie in eine fremde Welt abtauchen oder sich dazu inspirieren lassen, Neues zu schreiben. Dann konnte sie alles vergessen, was rechts und links von ihr und ihrem Leben war. Da war sie von einem Moment auf den anderen nur noch die große Schriftstellerin, die sie gerne geworden wäre, wenn sie doch nur hätte Germanistik studieren können.

Nachdem der Glatte noch vier-, fünfmal wissen wollte, ob Reinhild einen Plan habe, rückte er endlich raus, was er mit seiner dämlichen Fragerei bezweckte. »Ein Plan ist das Wichtigste, was du haben musst«, klärte er sie klugscheißerisch auf, »bei allem, was du machst. So ist das. Verstehst du?«

»Ja, verstanden. Und jetzt zisch endlich ab. Ich will meine Ruhe.«

»Wenn du keinen Plan hast«, ließ er sich aber nicht vergrätzen, »ich meine, wenn du wirklich keinen hast, dann – will ich mal sagen – ist das im Prinzip ja nicht schlimm, jedenfalls nicht richtig.«

»Eben. Deshalb kannst du jetzt vielleicht mal 'ne Funkpause einlegen. Dein Geseier geht mir nämlich voll auf den Sack.«

»Und weißt du auch, warum das nicht schlimm ist, wenn du keinen Plan hast?«, ließ der Mann nicht locker.

»Sag's mir und dann zieh Leine.«

»Weil du von mir einen bekommen kannst.«

»Weil ich was?«

»Richtig gehört. Weil du von mir einen kriegen kannst, einen Plan.«

»Von dir. Was soll ich denn von dir für einen Plan kriegen. Hast du denn überhaupt einen?«

»Einen? Ich habe jede Menge. Da kannst du Gift drauf nehmen. Ich habe so viele Pläne, dass ich die ganze Regierung damit ...« Irgendwie wurde er von einer temporären Atemnot heimgesucht, weshalb es mit dem Ende des Satzes nicht recht klappen wollte.

»... versorgen kann«, half Reinhild nach.

»Richtig ... versorgen kann. Also, was ist, willst du jetzt einen oder was?«

Reinhild war klar, dass sie jetzt die Platte putzen musste, bevor es ungemütlich würde. Es war klar, dass als Nächstes anstand, dass er sie zuerst ablatzen und dann vielleicht auch noch was klatschen könnte, wenn er nicht zum Zug kam. Also schnappte sie sich ihre Siebensachen und tigerte über den Bahnhofsvorplatz rüber zur Münchner- und weiter bis zur Ecke Moselstraße.

Durch eines der Fenster konnte sie im Innern der Kneipe tatsächlich den Drecksack erkennen, der sie in der letzten Nacht so derart hinterfotzig vorgeführt hatte. In die Eckkneipe reingeschneit tobte sie auch gleich auf den Kerl zu und brüllte ihn an: »Wo ist mein Handy? Und wo ist mein Geld, du verdammte Drecksau?«

Oh ja, sie konnte schon eine rechte Furie sein, unsere liebe Reinhild. Da half es auch nichts, dass die verdammte Drecksau ihren zahnlosen Akzent nachäffte: »Wo ift mein Handy ... wo ift mein Handy ... kein Zahn im Mund, aber Lapaloma pfeifen oder was?«

»Ich geb dir gleich ›Lapaloma pfeifen‹. Rück gefälligst mein Handy raus und mein Geld, du elender Flachwichser, sonst ruf ich nämlich die Bullen, ich sag's dir …!«

Reinhild konnte sich nicht mehr einkriegen. Sie schrie in einem fort, bis der Drecksack tatsächlich ihr Handy auf den Tresen knallte: »Hier, du alte Schlammfutt! Und jetzt zieh endlich Leine, verpiss dich.«

»Nix da. Zuerst drückst du noch die Kohle ab, die du mir geklaut hast … jawoll, geklaut hast du mir die, das kann jeder hören!«

Und es stimmte. Das konnte jeder hören, aber ob es auch jeder hören wollte, stand auf einem anderen Blatt. Jedenfalls nahm der Wirt sich der Streithähne an und bugsierte sie kurzerhand beide vor die Tür. Von wo aus der Drecksack sofort davonzischte, während Reinhild noch ein paarmal »Flachwichser« hinter ihm herschrie.

Immer wieder leise »alles Flachwichser« vor sich hinbrummelnd zog sie weiter um die Ecken des Viertels, das sie gemeinhin ihr Gebiet nannte. So wie jeden Tag, jeden Abend, jede Nacht. Nur morgens, da zog sie nie um die Ecken. Denn da lag sie für gewöhnlich in irgendeiner Ecke, wo sie in der Nacht liegen geblieben war. Der Sonnenaufgang und der Anbruch des Tages waren für sie wie Gott. Sie konnte darüber sprechen, aber einen Beweis dafür, dass er existierte, hatte sie nicht.

Mit dem Einbruch der Dunkelheit landete sie in der Taunusstraße zwischen den Stoßstangen zweier dort parkender Autos. Während der Verrichtung ihrer Notdurft dachte sie an die unzähligen Kaugummis, die unter dem jetzigen Straßenbelag beerdigt waren. So wie sie vielleicht auch bald wo liegen würde. Aber nicht hier unter der Taunusstraße. Obwohl das von Rechts wegen der ihr zustehende Ort wäre, der Ort, wo sie am ehesten von allen Orten auf der Welt hingehörte.

Sie erinnerte sich an die Unmengen von Vertretern der amerikanischen Streitkräfte, die in der Vergangenheit am Rande des Samenkollers treppauf, treppab durch die Flure der Laufhäuser trabten. Von unten, wo arrogante Blondinen bevorzugt auf schnelle Erledigung ihrer Inanspruchnahmen aus waren und dann von Stockwerk zu Stockwerk höher die Damen zusehends dunkler und fülliger werdend, dafür aber auch einfühlsamer und um zufriedenstellendere Dienstleistung bemüht. Und kein Mensch konnte nachvollziehbar eine Erklärung liefern, warum besagte Amis sich gerade auf ihren Wanderungen zwischen den Laufhäusern beim Überqueren der Taunusstraße so mannigfach ihrer durchgewalkten Kaugummis entledigen mussten. Wo diese dann von den über sie herrollenden Autos zunächst plattgedrückt und im Laufe der Zeit in den Asphalt imprägniert wurden, um dann wie kleine, vom Himmel gefallene Sternchen den nächtlichen Lichterschein zu reflektieren.

Reinhild erinnerte sich noch genau an den Tag, als dieses Phänomen ihr zum ersten Mal aufgefallen war. Das war nur wenige Wochen nach dem Tod ihrer Schwester gewesen. Sie war noch völlig durch den Wind, weil Edith der wichtigste Mensch in ihrem Leben war. Sie hatte immer zu ihr gestanden und sie hatte ihr auch sofort unter die Arme gegriffen, als ihr Kerl sie mit ihrer kleinen Tochter sitzen gelassen hatte. Da stand sie sofort auf der Matte und war letztendlich der rettende Engel gewesen, dass sie ein halbes Jahr später eine Stelle als Sekretärin bei der Degussa gefunden hatte. Zu der Zeit lebte sie mit Jasmin in einer kleinen Dachwohnung auf der oberen Bergerstraße und hatte in der Abendschule angefangen, sich auf das Abitur vorzubereiten. Sie wollte Germanistik studieren, das war ihr Ziel, denn sie liebte Literatur und hatte den Traum, vielleicht irgendwann einmal einen Roman zu schreiben.

Aber dann kam ihr Ediths Tod dazwischen. Sie war aus heiterem Himmel mit Nierenversagen ins Krankenhaus eingeliefert worden. An dem Abend, als Reinhild im Krankenhaus war, um ihre Schwester ein letztes Mal zu sehen, hatte sie auf der Heimfahrt mit der U3 nicht mehr an sich halten können und jämmerlich zu weinen angefangen. Bis sie plötzlich einen jungen Mann neben sich spürte. Der legte ihr fürsorglich die Hand auf die Schulter und fragte, was denn los sei mit ihr. Nachdem sie ihm unter Tränen von Ediths Ende erzählt hatte und die beiden an der Konstablerwache ausgestiegen waren, griff er in die Tasche und faltete ein kleines Stück Alufolie auseinander. Dann gab er ihr die kleine Pille, die darin eingewickelt war. Er sagte, sie solle das einfach nehmen, dann würde es ihr gleich besser gehen. Reinhild blickte den jungen Mann damals zwar skeptisch an. Aber weil sein nachfolgendes Nicken so ungeheuer warm und vertrauensvoll daherkam, tat sie, was er ihr empfohlen hatte.

Von diesem Tag an war nichts mehr wie zuvor. Als Erstes wollte er ihr bald schon keinen Stoff mehr für lau rüberreichen. Er wollte Zaster sehen. Und weil sie mit ihrer Arbeit nicht genug verdienen konnte, hat er sie in

Billard-Salons für schnelle Nummern auf dem Klo verhökert. Es dauerte nicht lange, da ging alles den Bach runter. Zuerst verlor sie ihre Arbeit, dann wurde ihr Jasmin vom Jugendamt weggenommen. Und schließlich waren auch noch weg: ihre Wohnung, ihre Zähne, dann die Selbstachtung und zuletzt die Scham. Zu der Zeit war sie schon so weit, dass sie sich längst ihr Heroin zwischen die Fußzehen gespritzt hat.

Als sie mit ihrer Sitzung zwischen den parkenden Autos fertig war, blickte sie die Straße entlang und wusste, dass ihr Leben auf der letzten Rille angekommen war. Wie schon so oft in solchen Situationen schwor sie sich, alles zu unternehmen, um von den Drogen wegzukommen, wenn sie nur dem Schlamassel entkommen könnte, in dem sie sich nun befand. Sie wusste nicht, wo sie die Nacht verbringen könnte. Früher hatte sie in solchen Situationen einfach in einem Wohnblock eine Klingel der oberen Stockwerke gedrückt und dann was in die Gegensprechanlage gerufen, woraufhin ihr blind geöffnet wurde. Dann war sie einfach runter in den Keller und hatte sich in irgendeinen der Räume dort abgelegt. Das funktionierte aber nur so lange, wie sie noch Zähne im Mund hatte. Dann wurde es schwieriger, weil sie kaum noch zu verstehen war und die Leute, die sie angeklingelt hatte, misstrauisch wurden. So war sie irgendwann an einen Wachmann namens Hoffi am Hintereingang eines Firmengeländes in der Kleyerstraße geraten. Der kam jede Stunde mit seinem Schäferhund an einem Tor vorbei. Und für einen Blow-Job machte er das Tor auf und ließ sie sich hinterher in einem Altpapier-Container ablegen. Weil Reinhild aber in der letzten Nacht der Beutel mit ihren letzten Gummis geklaut worden war, sah es schlecht aus für diese Nacht. Hoffi legte nämlich penibel Wert darauf, dass sie mit Gummi arbeitete. Und er sagte auch immer seinem Hund, er solle weggucken, damit er ihn zu Hause nicht verraten könne.

Mit zittrigen Händen holte sie ihr Handy aus dem Rucksack, und nach einer letzten inneren Überwindung wählte sie schließlich eine Nummer aus dem Telefonbuch.

Immerhin hatte der Kerl ihr noch was von dem Prepaid draufgelassen. Sie hatte sich das Handy zugelegt, um angerufen werden zu können. Aber es gab niemanden mehr in ihrem Leben, der sie anrief. Und wenn sie mal jemanden anrufen wollte, ließ sie es immer nur einmal klingeln, damit ihre Nummer zu sehen war und sie zurückgerufen werden konnte. So sparte sie zwar Kosten, musste sich aber immer wieder den Vorwurf gefallen lassen, mit dieser Methode ja voll assig zu sein.

Aber egal, sie wählte aus ihrem Telefonbuch *Jasmin*, ließ es einmal klingeln und kappte die Verbindung. Nachdem sich fünf Minuten lang nichts getan hatte, wählte sie die Nummer erneut an. Diesmal ließ sie es klingeln, bis sich am anderen Ende eine Männerstimme meldete: »Rohrbach.«

»Berthold?«, fragte sie. Berthold war ihr Schwiegersohn. Am liebsten hätte sie ihn gefragt, was er am Handy ihrer Tochter verloren hätte, aber sie meinte nur, ob Jasmin in der Nähe sei.

»Wozu?«

»Weil ich gerne mit ihr sprechen möchte.«

»Wie viel?«

»Was soll denn das? Ich werde doch mal mit meiner Tochter telefonieren dürfen oder was?«

»Du willst nie mit deiner Tochter telefonieren. Wenn du anrufst, willst du Geld für Stoff. Das ist nichts Neues. Von uns kriegst du nichts mehr. Das kannst du dir abschminken.«

»Gib mir jetzt endlich die Jasmin, verdammte Kacke noch mal!«

»Wenn du ihr Kohle aus den Rippen leiern willst, dann gnade dir Gott …«

»Los jetzt, ich habe nicht mehr viel auf der Karte.«

Reinhild hörte, dass Berthold am anderen Ende sagte: »Hier«, bevor Jasmin zu hören war.

»Mutti?«

»Hallo Kleines, wie geht es dir?«

»Ich habe Grippe.«

»Hast du denn Medikamente? Der Berthold soll zur Apotheke gehen und dir Metavirulent holen. Das hilft immer.«

»Was gibt es denn? Warum rufst du an?«

»Eigentlich nichts Besonderes. Ich wollte mich nur einfach mal melden.«

»Schön, dann können wir ja vielleicht ein andermal mehr miteinander reden.«

»Nur eins, wo ich dich gerade dran habe, …«

»Ja?«

Reinhild wollte Anlauf nehmen, um zu sagen, worum es ihr ging, aber da war wieder Bertholds Stimme dran: »Lass uns endlich in Ruhe. Wir wollen mit dir nichts mehr zu tun haben. Melde dich nie wieder, verstanden!«

Mit diesen letzten Worten war das Guthaben auf ihrer Karte endgültig durchgeflutscht und die Verbindung tot.

Ihr mehrmaliges »Scheiße«-Brüllen wollte nichts helfen. Sie war nicht zum Zug gekommen. Und sie hatte keinen Schimmer, wo sie die Kohle für einen nächsten Schuss herkriegen könnte. Und wie es überhaupt mit ihr weitergehen sollte. Um nicht im Regen zu stehen, hockte sie sich in der Weserstraße an die Rückfront der Bundesbank.

»Lieber Gott«, begann sie zu beten, »bitte schick mir doch irgendeine perverse Drecksau, der es mir für 'n Zwanni ins Maul reinbesorgen will, bitte, lieber Gott.«

11. PRÜFUNG IM SAND

Als es hieß, dass er an der nächsten Ampel nach rechts abbiegen und dann dem Verlauf der Straße folgen solle, fragte er sich, ob er die Prüfung nicht schon längst in den Sand gesetzt habe. Kurz zuvor hatte er nämlich stadteinwärts an der roten Ampel vor dem Bahnübergang halten müssen. Unmittelbar mit dem Wechsel auf Grün hatte der Wagen links neben ihm die Scheibe auf der Beifahrerseite heruntergefahren und ihn angesprochen. Für einen Moment hatte er nur gedacht, warum der ihn nicht ganz einfach in Ruhe lassen könne. Denn so war er im Zwiespalt, ob er einfach losfahren oder sich anhören sollte, was der Fahrer neben ihm wollte. Er entschied sich für Letzteres, und noch während er seinerseits die Scheibe herunterfuhr, begann das Auto hinter ihm auch schon zu hupen. Roman wollte sich nicht aus der Ruhe bringen lassen und hörte sich an, was der Fahrer des links neben ihm stehenden Wagens von ihm wollte.

Der Mann sagte: »Können Sie mir sagen, wie ich zum Liebig-Museum komme.«

»Kein Problem«, erwiderte Roman, aber bevor er auch nur ein Wort weiterreden konnte, ertönte die Hupe von hinter ihm mehrmals mit aggressionsbetontem Staccato. Roman zögerte einen Moment, bevor er entschlossen ausstieg und zu dem nachfolgenden Wagen trat, dessen Fahrer sicherheitshalber seine Seitenscheibe bis auf einen Spalt von zwei Zentimetern hochfuhr.

Roman neigte sich vor zu dem Spalt und sprach in das Auto hinein: »Könnten Sie dem Mann da vorne vielleicht einen Tipp geben, wie er zum Liebig-Museum kommt? Ich kann ja so lange Ihre Hupe drücken.« Gleichzeitig zückte er seinen Dienstausweis und drückte ihn platt gegen die Seitenscheibe: »Noch ein einziges Hupen und es setzt eine Anzeige, klar!«

Damit ließ er den Huper zurück und trat zu dem Auto auf der Linksabbiegerspur. Er erklärte dem Mann, dass er nur seiner Spur folgend nach links abzubiegen brauche, um in einhundert Metern das Museum auf der linken Straßenseite vorzufinden. Der Mann bedankte sich, und Roman stieg wieder hinter das Steuer des Fahrschulautos. Mit seinem Losfahren war die Ampel schon wieder auf Gelb, weshalb der nachfolgende Huper bei Rot stoppen musste.

In dem Wagen sagte niemand ein Wort. Der Prüfer nicht, der hinter Roman saß, die Frau daneben nicht, die nach Roman geprüft werden sollte, und auch der Fahrlehrer auf dem Beifahrersitz nicht.

Roman fragte sich, warum er sich überhaupt einer solchen Situation aussetzen musste. War er nicht die letzten fünf Jahre blendend ohne Führerschein ausgekommen? Es gab letztendlich keine Situation, die er nicht auch ohne Lappen gemeistert hätte. Abgesehen von gelegentlichen Frotzeleien von Krokoczinski oder Regina Maritz.

Aber nein, eines Nachmittags hatte er einem Verdächtigen aufgelauert, der in einem Haus gegenüber einer Fahrschule wohnte. Weil ihm fad war, hatte er bei der Fahrschule einen Blick durchs Schaufenster geworfen. Bis er plötzlich von jemandem angesprochen wurde, bei dem es sich um den Betreiber selbiger Fahrschule handelte.

»Interessieren Sie sich für eine Nachschulung?«, hatte der Mann ihn gefragt, worauf Roman entgegnet hatte: »Nein, ich habe gar keinen Führerschein.«

»Sie haben keinen Führerschein? Dann haben Sie ja echt Glück, dass ich gerade eine Aktion im Programm habe: Zwanzig Prozent Rabatt. Das sollten Sie sich nicht entgehen lassen.«

»Ich fürchte, das geht nicht so einfach«, hatte Roman gehofft, sich aus der Situation zu retten, »ich habe nämlich meinen Führerschein verloren.«

»Aber das ist doch heutzutage kein Problem mehr. Ich arbeite eng mit jemandem zusammen, der spitzenmäßig auf die MPU, die Medizinisch-Psychologische Untersuchung, vorbereitet. Der hat bisher noch jeden gebrieft, dass er seinen Lappen wiederbekommen hat. Also …?«

So war es gekommen, dass Roman sich tatsächlich zunächst dem sogenannten Idiotentest unterzogen und hernach die Fahrschule absolviert hatte. Im Präsidium hatte er niemandem davon erzählt. Weder den unmittelbaren Kollegen noch Krokoczinski und schon gar nicht Regina Maritz. Er wollte sich aufheben, wann er sie überraschen würde.

Und fast hatte er vor zwei Wochen die Sache in den Sand gesetzt, weil er da während seiner vorletzten Fahrstunde vor einem Fußgängerüberweg stand, auf dem Regina die Straße überquerte. Als ihr Blick tatsächlich in Richtung des Fahrschulautos wanderte, tauchte er kurzentschlossen ab in den Fußraum des Wagens unter dem Vorwand, dass ihm etwas hinuntergefallen sei. Weil Regina in den kommenden Tagen kein Wort zu dem Vorfall verlauten ließ, war er sich sicher, dass sie nichts mitbekommen hatte.

Nachdem er den Bahnübergang hinter sich gelassen hatte und an der kommenden Ampel nach rechts abbiegen sollte, dachte er: Verdammt, wie war das noch mal mit dem Blinkersetzen an einer Ampel mit Fahrtrichtungsanzeige? Musste da geblinkt werden oder konnte man einfach so abbiegen?

Die nächste Ampel befand sich am Elefantenklo, dem Ende der stadteinwärts führenden Frankfurter Straße. Er entschied sich für die rechte der rechtsabbiegenden Fahrspuren und für das Betätigen des entsprechenden Fahrtrichtungsanzeigers. Doppelt gemoppelt, sagte er sich, hielt besser, und noch während er um die Ecke fuhr, ging plötzlich sein Handy.

Verdammte Kacke, auf was habe ich mich hier nur eingelassen, schoss es ihm durch den Kopf. Und ihm war klar, dass dadurch, dass er die Anordnung des Prüfers zum Ausschalten des Handys nicht beachtet hatte, er endgültig die Prüfung versemmelt hatte, weshalb er das Gespräch auch ruhig annehmen konnte.

Unmittelbar nach der Kurve stoppte er den Wagen, wo gerade ein Parkplatz frei war. »Einen Augenblick«, entschuldigte er sich, während er aus dem Wagen ausstieg und das Gespräch entgegennahm. Es war nur ein kurzer Wortwechsel, den das Telefonat dauerte, da stieg er schon wieder in das Auto ein.

»Tut mir leid«, sagte er, »ich habe einen Mord.«

»Sie haben was?«, fragte der Prüfer, und der Fahrlehrer verdrehte die Augen.

»Einen Mord«, wiederholte Roman einen Ton deutlicher, »aber keine Angst, wenn wir angekommen sind, können Sie in Ruhe weitermachen.«

An der nächsten Kreuzung bog das Auto nach rechts in die Bleichstraße ab. Vorschriftsmäßig, wie er es in der Fahrschule gelernt hatte, blinkte Roman rechtzeitig und wendete auch seinen Kopf ostentativ über die rechte Schulter, um überdeutlich zu demonstrieren, dass er auf eventuell dort aufkreuzende Fahrradfahrer Rücksicht nahm.

Unmittelbar nach der Kurve kamen ihm Bilder in den Kopf, die ihn seit dem Tag, an dem ihm der Führerschein abgenommen worden war, begleiteten. Er sah den schwarzgekleideten Mann, der damals zwischen zwei Autos einer Parkreihe plötzlich auf die Fahrbahn getreten war. Und er sah, wie der Mann mit seinem Gesicht gegen die Frontscheibe geprallt und anschließend von der Kühlerhaube hinunter auf die Straße gerutscht war. Roman hatte noch aus dem Auto heraus die 110 verständigt und war erst dann ausgestiegen. Und als er dann aber vor sein Auto trat, war dort nichts zu sehen. Jedenfalls nichts, was auf einen Unfall hingedeutet hätte. Als kurz darauf eine Streife der Bereitschaft sowie ein Notarztwagen eingetroffen waren, konnte die

Situation nur dahingehend geklärt werden, dass Roman zum Bluttest in die Uniklinik musste. Das Ergebnis waren 2,9 Promille.

Als das Fahrschulauto auf den Schiffenberger Weg einbog, wagte die Frau, die als Nächste geprüft werden sollte, eine zögerliche Frage: »Sind Sie Polizist?«

Roman antwortete: »Ja. Was denn sonst? Oder meinen Sie, ich wäre Auftragskiller und hätte einen Job angeboten bekommen?«

Was für ein beschissener Tag, sagte er sich, während er in die Ferniestraße einbog, wo das Präsidium seinen Sitz hatte. Er malte sich aus, dass sämtliche Kollegen an den Fenstern hingen, um mitzubekommen, wie er aus dem Fahrschulauto ausstieg. Völlig klar, dass das in den kommenden Tagen mit besonderer Häme kommentiert werden würde. Was für ein Scheiß alles, dachte er und sehnte sich nichts so sehr herbei wie einen Drink.

12. STEINCHEN

»Was willst du«, fuhr der Marokkaner Reinhild an, als sie an der Konstablerwache zu ihm trat.

»Hast du Steinchen?«, entgegnete sie.

»Verpiss dich.«

»Brauchst du keine Kohle oder was?«

»Mach dich ab in die Taunusanlage, wo du hingehörst.«

Am liebsten hätte sie entgegnet: Mach du dich lieber ab nach Marokko, wo du hingehörst, aber sie wiederholte: »Hast du Steinchen?«

»Zieh Leine. Du bist 'ne Junkie-Nutte, und das riecht man auf drei Kilometer gegen den Wind.«

Womit der Mann nicht Unrecht hatte. Reinhild gab wahrhaftig ein Bild ab, als würde sie demnächst mit einer Überdosis auf irgendeiner öffentlichen Toilette oder in einem versifften Hinterhof tot aufgefunden werden.

»So etwas wie du ist nicht gut fürs Geschäft. Also mach 'n Abgang.«

»Ich bezahl doch auch dafür. Hier …«

Sie hielt ihm etwas hin, was nach achtlos zusammengeknüllten Geldscheinen aussah.

»Bist du bescheuert oder was? Ich bin doch kein Bankschalter. Wenn das jemand sieht …«

Reinhild ging es nicht gut. Sie hatte es sich bis auf Weiteres mit Himbeer-Toni verdorben und in ihrem angestammten Drogen-Konsumraum in der Elbestraße konnte sie sich momentan auch nicht mehr blicken lassen. Zum Glück hatte der Kerl aus dem *Moseleck* ihr Crack-Pfeifchen in dem Rucksack gelassen, so dass sie sich ein paar Steinchen ankokeln könnte. Wenn sie nur an was Crack rankommen würde.

Der Marokkaner, den sie entsprechend angehauen hatte, wollte nichts mit ihr zu tun haben. In ihrer Not griff sie zu einem letzten Mittel: »Wenn du mir nichts verkaufen willst, schreie ich gleich den ganzen Platz zusammen. Dann kannst du dir dein Geschäft sonst wo hinstecken.« Erneut hielt sie ihm das Geld hin.

»Wie viel ist das?«

»Weiß nicht. Ist mir auch egal, scheißegal. Wenn ich nicht sofort was kriege, gehe ich vor die Hunde. Also …«

»Und woher hast du das Geld?«, fragte er.

»Das geht dich einen Scheißdreck an.«

»Äh, äh, nicht in dem Ton, ja.«

»Ich hatte heute Morgen einen Job.«

Der Marokkaner machte eine Fellatio andeutende Geste, bevor er sich kurz nach allen Seiten umblickte und mit einer entsprechenden Kopfbewegung auf einen Mann in einer schwarzen Lederjacke deutete. Der saß auf einer Metallbank, die um einen Baum herumlief.

»Siehst du die schwarze Lederjacke da?«

»Sehe ich, ja«, antwortete Reinhild.

»Das ist meine Bank.«

»Okay«, sagte Reinhild und ging zu dem Mann. Sie reichte ihm das Geld, das dieser sofort im Vorbeigehen an einen anderen Mann weitergab. Als dieser andere Mann verschwunden war und die Bezahlung offenbar korrekt über die Bühne gegangen war, sagte er: »Siehst du den Verteilerkasten da drüben?«

Reinhild blickte in die Richtung eines Telefonleitungsverteilerkastens, den der Mann angedeutet hatte.

»Links davon ist auf Brusthöhe ein Spalt in der Fassade. Hast du's?«

Reinhild machte sich los. Bevor sie mit den Fingern in den vorgegebenen Spalt fuhr, sicherte sie sich mit einem entsprechenden Blick ab. Als sie das Plastiktütchen mit drei kleinen Stückchen Crack, die wie kleine Kieselsteine darin aufbewahrt waren, an sich genommen hatte, nickte sie dem Marokkaner zum Abschied zu. Der seinerseits bestätigte den Abschluss des Deals mit einer Handbewegung, mit der ansonsten Armeeangehörige salutierend über den Schirm ihrer Mütze streichen.

Reinhild brauchte gerade mal fünf Minuten, um sich zwischen dem ehemaligen Polizeigefängnis Klapperfeld und dem angrenzenden Gebäude des Amtsgerichts hinzuhocken und ihr Pfeifchen mit einem Feuerzeug anzuheizen, um sich das erste Steinchen Crack einzupfeifen. Die Wirkung schoss in ihren Körper wie ein Gewitter in einen heißen Sommertag. Verdammt gutes Dope, dachte sie, offenbar voll korrekt, der Marokk.

Und plötzlich hatte das Leben wieder einen Sinn. Sie war sich sicher, Lothar eine gute Gespielin zu sein und entsprechend entlohnt zu werden.

13. MORD IST MORD

Roman hatte von dem vorangegangenen Telefonat gerade mal behalten können, dass es bei dem Mord um einen toten Waschbären in Frankfurt gehe und er die Ermittlungen gemeinsam mit Regina Maritz übernehmen solle. Als er das Büro betrat, waren dort bereits Frank Krokoczinski, Regina Maritz sowie Oliver Wagenbach und Hans Seipp zugange. Roman konnte sich die provokante Bemerkung nicht verkneifen, ob es sich hier eventuell um das Kommissariat für ungeklärte Vergehen an Waschbären handele.

»Krieg dich ein, Mord ist Mord«, bekam er von Krokoczinski Gegenwind, den er aber nicht widerspruchslos hinnehmen wollte: »Wenn ein Waschbär getötet wurde, ist das gefälligst ein Fall für die Abdeckerei und nicht für uns.«

»So heißt das heute nicht mehr.«

»Was?«

»Abdeckerei.«

»Egal. Wer halt zuständig ist für die Beseitigung von Tierkadavern.«

»Das ist auch kein Tierkadaver«, mischte Regina sich ein, »hast du mir nicht zugehört am Telefon? Es geht um einen Mann, der offenbar erschossen wurde.«

»Du hast ganz klar ›Waschbär‹ gesagt. Ich bin doch nicht schwerhörig.«

»›Waschbär-Kostüm‹ habe ich gesagt. Eine männliche Leiche in einem Waschbär-Kostüm.«

»Und warum das?«

Reginas Blick erreichte Romans berufliche Grundfeste wie ein Erdbeben. Was hätte er nicht dafür gegeben, jetzt einen wohltemperierten Grappa seine geschundene Kehle hinunterspazieren zu lassen.

»Komm, wir machen uns los«, übte sie Nachsicht.

»Wohin?«

»Nach Frankfurt. In den Park der Frankenallee. Kennst du den? Im Gallusviertel.«

»Na super, die Bronx von Frankfurt. Was verdammt nochmal haben wir damit zu tun? Das ist ein Fall für die Frankfurter. Außerdem, was soll das? Wir hatten doch gestern erst was mit einem Waschbären. Sind wir nur noch für diese Viecher da?«

»Wir sind angefordert worden. Weil der Tote eine Einladung zu einer Feier im Liebig-Museum bei sich hatte. Und weil das ist nun mal hier bei uns in Gießen …«

»Ach nee? Sonst hatte er nichts dabei? Kein Ticket fürs Moulin Rouge in Paris oder so?«

»Nee, leider nicht. Also los.«

Roman war offensichtlich nicht davon begeistert, nach Frankfurt fahren zu müssen. »Wir können nicht dahin fahren. Wir haben um zehn die Vernehmung von dem Kerl mit dem abbene Ohr.«

Frank mischte sich ein: »Das haben wir alles schon besprochen. Hans und Oliver kümmern sich darum.«

»Wieso denn das?«

»Weil absolut nicht zu erwarten ist, dass dabei was rauskommt. Es war schon eine Schnapsidee, die Vernehmung überhaupt anzusetzen. Und dann auch noch mit seinem Anwalt im Schlepptau. Das ist doch klar, was da über die Bühne gehen wird. Der Anwalt wird sagen, dass sein Mandant keine Aussage zu machen braucht. Und solange wir niemanden haben, dem ein Ohr fehlt, haben wir auch keine Handhabe, ihn für irgendwas dranzukriegen. Also aufsitzen und ab nach Frankfurt. Und wenn euch langweilig wird, geht einfach mal die Kaiserstraße rauf und runter, ob ihr vielleicht einen trefft, dem ein Ohr fehlt.«

Die Worte des Einsatzleiters hallten noch nach, als er bereits hinter sich die Tür ins Schloss geknallt hatte.

14. STEIGEN SIE EIN

Lothar war schon mehr als eine halbe Stunde überfällig. Reinhild bekam langsam Panik. Sollte er sich etwa eine andere angelacht haben? Einen Autounfall, dachte sie, würde sie ihm verzeihen, oder einen Herzinfarkt. Ach Scheiße, wo blieb der Kerl? Sie blickte im Minutentakt auf die Zeitanzeige im Display ihres Smartphones. Sollte sie sich doch so in ihm getäuscht haben? Waren die Menschen, die beim Finanzamt arbeiteten, doch nicht die unverrückbaren Fundamente unseres gesellschaftlichen Wertesystems? Wenn man sich darauf nicht mehr verlassen konnte, worauf dann noch?

Sie kannten sich jetzt seit zwei Jahren. Und jeden Dienstag trafen sie sich hier in der Niddastraße vor dem Hotel, das er ausgesucht hatte, um Spaß zu haben. Ihre Treffen waren nur dann mal ausgefallen, wenn er im Urlaub gewesen war. Aber da hatte er sich jedes Mal vorher abgemeldet. Und hatte sich auch immer vorher ordentlich verabschiedet und ihr in die Hand versprochen, wann sie sich wiedersehen würden. Er war wirklich ein sehr fürsorglicher Mann, und von Rechts wegen war es eine Schande, dass er sich daheim mit so einer Gewitterziege von Weib herumschlagen musste, die ihn nur von vorne bis hinten drangsalieren konnte. Da wäre er mit ihr doch wahrhaftig besser dran, dachte Reinhild manchmal, aber gleichzeitig war es ihr nicht vorstellbar, in einem schicken Einfamilienhaus zwischen Gartenzwergen und Buchsbaumhecken eine fürsorgliche Hausfrau zu geben. Nein, sie war keine Kleinbürgerseele, das war sie nicht. Sie brauchte ihre Freiheit. Und während sie noch darüber sinnierte, was wohl der Grund für Lothars Verspätung sein könnte, kam unmittelbar neben ihr ein silberfarbenes Audi TT Cabrio mit bordeauxrotem Verdeck zum Stehen.

Die Frau hinter dem Steuer trug ein weiß-rot gestreiftes Kopftuch zu einer überdimensionalen Sonnenbrille und war rundum auf Schickolinski-Eleganz getrimmt.

»Sind Sie Reinhild?«, fragte sie.

»Wer sind Sie?«, fragte Reinhild dagegen.

»Mein Name ist Pia«, sagte die Frau, »ich bin die Frau von Lothar. Sie wissen, wen ich meine?«

Fast wäre Reinhild herausgerutscht, ob sie das sei mit der Eiswürfelmaschine zwischen den Beinen. Aber sie sagte nichts.

»Ich weiß, wer Sie sind«, fuhr stattdessen die Frau fort, die so unglaublich schön, elegant und gepflegt war, wie man es mit Anfang vierzig überhaupt sein konnte. »Lothar hat mir von Ihnen erzählt. Ich weiß, dass Sie ihm viel bedeuten. Er hat mich hergeschickt, damit ich Sie zu ihm bringe.«

»Ich weiß nicht, wovon Sie reden«, versuchte Reinhild sich der prekären Situation zu entziehen.

Aber die Frau ließ nicht locker. »Es geht ihm nicht gut. Er hat mir gesagt, dass er sie unbedingt noch mal sehen möchte. Kommen Sie. Sie brauchen keine Angst zu haben. Steigen Sie ein.«

Noch mal sehen? Was, verdammt, meinte diese Frau damit? Reinhild musterte das Auto. Ein kleiner, luxuriöser Superschlitten, der aussah, als würde er jede Woche eine professionelle Rundumpflege kriegen. Kein Stäubchen weit und breit. Der Lack wie aus dem Laden, die cremefarbene Ledergarnitur jungfräulich.

Warum war diese Frau plötzlich da, fragte Reinhild sich, steckte die etwas mit Himbeer-Toni unter einer Decke? Nein, das konnte nicht sein. So ein Luxusweibchen würde so einen Schmierlappen wie den Himbeer ja nicht mit der Kneifzange anfassen.

Obwohl, ihr Mann hatte da ja auch so seine Affinität.

15. KOPFSCHUSS

Wenn es nach mir gegangen wäre, wärst du nicht angefordert worden«, begrüßte Rudolf Failing seinen ehemaligen Kollegen.

Roman entgegnete: »Da kann ich ja nur froh sein, dass du immer noch so ein kleines Licht bist und nichts zu melden hast. Aber sag mal, könnte es sein, dass ich dich letztens in einem Heimatfilm gesehen habe? Keine Angst. Ich meine, dass du untenrum gedoubelt warst.«

»Was?«

Bevor Schlimmeres passieren konnte, ging Regina dazwischen: »Können Sie uns kurz berichten, was sich hier zugetragen hat?«, forderte sie den Frankfurter Kollegen auf.

Failing musste erst noch den Tiefschlag verdauen, den Roman ihm versetzt hatte, bevor er sachlich werden konnte: »Ein Toter in einem Waschbärkostüm«, gab er zur Erklärung, während er die weiße Plastikplane zur Seite schlug, unter der sich der Leichnam befand.

»Wurde gegen halb acht von einer Joggerin aufgefunden«, fuhr Failing fort, »Identität ungeklärt. Keine Papiere, keine persönlichen Gegenstände. Nur das, was er am Leib hatte. Und eine Einladung zu einer Veranstaltung des Liebig-Museums in Gießen. Aber das wisst ihr ja wohl schon. Deshalb seid ihr ja angefordert worden.«

Roman und Regina blickten stumm auf den Toten, der wie ein Gleitschirmflieger von unten mit ausgestreckten Armen und Beinen auf dem Rücken lag.

»Hat der Mann schon so dagelegen, als er gefunden wurde?«, fragte Roman, ohne seinen ehemaligen Kollegen anzuschauen.

»Nein, der Rechtsmediziner hat ihn umgedreht. Der war schon da.«

»Und, was hat er gesagt?«

»Wie, ›was hat der gesagt‹? Er konnte nichts mehr sagen. Er war tot.«

Sollte das ein Witz sein, fragte sich Roman, oder hatte der Kollege nicht alle Tassen im Schrank. Ganz ruhig sprach er weiter: »Ich meine natürlich den Rechtsmediziner. Wer war das überhaupt?«

»Dr. Servatius. Was soll er denn gesagt haben?«

»Irgendwas zur Todesursache? Wie der Mann zu Tode gekommen ist?«

»Kopfschuss hat er gesagt. Erst mal. Genaueres nach der Obduktion. Wie immer.«

»Kopfschuss?«

»Richtig. Von hinten.«

»Und zum Todeszeitpunkt? Konnte er dazu schon was sagen?«

»Auch erst …«

»… nach der Obduktion. Schon klar.«

»Und keine Papiere?«, schob Regina hinterher.

»Nein. Wie ich ja schon gesagt habe. Und auch sonst nichts. Außer eben dieser Einladung …«

»Zu der Veranstaltung im Gießener Liebig-Museum, schon klar.«

Ein Kollege der KTU trat in einem weißen Overall mit *POLIZEI*-Aufdruck auf der Rückseite zu Regina und reichte ihr einen transparenten Spurensicherungsbeutel. Sie betrachtete die darin enthaltene, auseinandergefaltete Einladung. »Eine Veranstaltung zur Unterstützung der Aufnahme ins Weltkulturerbe der Unesco«, las sie ab, »morgen Abend.« Sie hielt das Beweisstück Roman hin, der es betrachtete, ohne es anzufassen.

Regina ging hinunter in die Hocke und betrachtete sich den Toten näher. Die Frontpartie des Waschbärkostüms, das mit Klettband ausgestattet war, war auseinandergeklappt, und sein Kopf lugte unter der zurückgestreiften Maske des Kostüms hervor. Auf den ersten Blick mochte der Tote knapp unter vierzig gewesen sein. Sein dunkelbraunes Haar war akkurat kurz geschnitten und sein Gesicht glatt rasiert. An seinen Füßen befanden sich elegante, braune Schnürschuhe aus Leder und dünne, schwarze Socken.

»Seide«, sagte Regina, »haben manche Läufer, damit auch ja nichts scheuern kann während eines Marathons.«

»Meinst du, er war hier am Trainieren für einen Marathon?«

»Wenn, dann vielleicht für den Medoc-Marathon in Bordeaux. Da wird kostümiert gestartet und an den Erfrischungsständen gibt es Weine der umliegenden

Rothschild-Appellationen. Und manchmal werden sogar Austern gereicht.«

»Na lecker. Hat er eine Fahne?«

Regina beugte sich hinunter zu der Leiche. »Fehlanzeige. Keine Fahne.«

»Und Brieftasche, Handy?«, fragte Roman nach.

»Nichts. Habe ich doch schon gesagt. Nicht mal einen Wohnungsschlüssel«, entgegnete Failing.

»Und eine Joggerin hat ihn gefunden?«, wollte Regina nochmals bestätigt bekommen.

»Korrekt«, antwortete Failing, »wir haben sie heimlaufen lassen. Sie war durchgeschwitzt und wollte sich nicht erkälten.«

»Aber wir haben ihre Daten?«

»Sowieso. Handy, Anschrift, alles da.«

»Na, wenigstens das.«

Roman trat einen Schritt zurück und gab zwei Mitarbeitern eines Bestattungsunternehmens mit einer entsprechenden Handbewegung zu verstehen, dass sie nun den Leichnam abtransportieren konnten.

Die Männer öffneten einen Zinksarg und packten den Leichnam an dem Waschbärkostüm. Als sie den Toten in den Sarg gehievt hatten, trat Regina nochmals hinzu.

»Augenblick«, sagte sie und sprach Failing direkt an, »hatte er vielleicht auch eine Unterhose aus Seide an?«

»Nein«, antwortete der Kollege, »hatte er nicht. Um genau zu sein: Er hatte überhaupt keine Unterhose an.« Um seinen Worten Nachdruck zu verleihen machte er sich daran, das Waschbärkostüm hinunter bis zum

Schambein der Leiche zu öffnen. »Hier, bitte«, kommentierte er seine Aktion.

»Danke«, sagte Regina im Wegdrehen, »das wäre doch nicht nötig gewesen.«

16. WARTEN UND BETEN

Sie müssen jetzt sehr stark sein«, hatte Pia gesagt, als sie die Palliativstation erreicht hatten, »wir können nichts anderes tun als warten und beten.«

Beim Öffnen der Tür war Lothars Blick stumm zu Reinhild gewandert.

Sie trat zu ihm und sagte: »Was machst du denn für Sachen?«

Lothars Blick wanderte unstet durch den Raum, und es schien, als hätte er Reinhild eher gehört als gesehen. Dennoch konnte er sich seiner Frau zuwenden. Er sagte: »Liebling, lässt du uns bitte für einen Moment allein?« Weil Pia nicht gleich reagierte, schob er noch ein »Bitte« hinterher.

Langsam und fast im Rückwärtsschritt kam Pia seiner Bitte nach.

Mit seiner Rechten gab er zu verstehen, dass er Reinhild berühren wolle. Sie nahm seine Hand und setzte sich auf den Stuhl, der bei seinem Bett stand.

»Weißt du, warum mir so viel an dir liegt?«

»Sag es mir«, sagte sie.

»Weil du so eine wunderbare Frau bist. Du wirst es vielleicht nicht glauben, aber im Grunde genommen ging es mir immer um das, was du mir aus deinem Büchlein vorgelesen hast. Um deine wunderbaren Gedichte und Geschichten, die du da reingeschrieben hast.« Er hatte Schwierigkeiten, seine Stimme bei Kräften zu halten.

»Du darfst dich nich unnötig anstrengen. Bleib ganz ruhig«, sagte Reinhild.

»Das ist nett, dass du mich trösten willst. Aber ich weiß, was mit mir los ist. Ich will, dass du deinen Weg weitergehst. Dass du dich nicht beirren lässt. Du weißt, was ich meine?«

Für einen Moment dachte Reinhild, ob er es vielleicht gerne gehabt hätte, wenn sie zu ihm unter die Decke geschlüpft wäre. Aber dann sagte sie wieder: »Bleib ganz ruhig Lothar, bleib ganz ruhig.«

Wiederum musste er Anlauf nehmen, um weiterreden zu können. Jedes Wort, das er von sich gab, hatte einen Tonfall, als könnte es sein letztes sein. »Zieh die Schublade auf«, sagte er schließlich.

Reinhild schob die Schublade des Nachttischschränkchens hervor.

»Da ist ein Schlüssel. Unter den Zetteln.«

Reinhild hob die Zettel, die sich in der Schublade befanden, zur Seite. Und tatsächlich, darunter lag ein Schlüssel. So, wie sich das auf den ersten Blick einordnen ließ, handelte es sich um den Schlüssel zu einem Schließfach. In den Plastikgriff war die Zahl 1136 eingraviert.

Als sie ihn Lothar reichen wollte, gab er ihr mit einer entsprechenden Handbewegung zu verstehen, dass sie ihn an sich nehmen solle. »Du brauchst kein schlechtes Gewissen haben. Meine Frau ist rundherum abgesichert. Sie wird nie im Leben Not leiden müssen. Also nimm du das, was du da findest, um dir deinen Traum zu erfüllen. Das Einzige, worum ich dich bitten möchte: Wenn dein Buch veröffentlicht wird, dann möchte ich gerne, dass du es mir widmest. Meinst du, das könnte gehen?«

Jesses, was sollte sie dazu sagen?

»Wenn ich meine Geschichten und Gedichte irgendwann veröffentliche, so wird das Buch ganz klar dir gewidmet werden. Das verspreche ich. Das ist doch eine Ehrensache.«

»Wenn du keinen regulären Verlag finden solltest, musst du dich an einen Druckkostenzuschussverlag wenden. Da kann jeder ein Buch veröffentlichen, der dafür bezahlt, verstehst du?«

Von einer solchen Möglichkeit hatte Reinhild bereits gehört, sich aber nie weiter damit beschäftigt. Zum einen, weil sie noch lange nicht genug Material beisammenhatte, um an eine Veröffentlichung zu denken. Und zum anderen, weil sie sich nicht vorstellen konnte, für so ein Unterfangen auch nur einen müden Cent hinblättern zu können.

»Bitte ruh dich jetzt aus«, strich sie ihm über die Stirn, bevor sie den Schlüssel in ihren Rucksack verschwinden ließ.

»Keine Sorge, meine Liebe«, entgegnete Lothar, »wenn ich tot bin, kann ich noch genug schlafen. Und jetzt ruf die Pia wieder rein.«

Reinhild stand auf und ging zu der Tür, vor der Pia gewartet hatte. Als sie in den Raum zurückkam, nahm sie wieder ihre Handtasche an sich, die sie auf dem Nachttisch stehen gelassen hatte. Dann stellte sie sich neben Reinhild an das Fußende des Bettes.

Die Art, wie die beiden Frauen den totkranken Mann ansahen, erinnerte an die Friedfertigkeit, mit der ansonsten Zeugen Jehovas in Fußgängerzonen ihren *Wachtturm* feilboten.

In Lothars Gesicht zog ein Lächeln.

»Was für ein schönes Bild«, sagte er dann, »und wie schön, dass ihr euch so gut versteht. Ich möchte euch bitten, bleibt so beieinander. Könnt ihr mir das versprechen?«

Pia meinte als Erste, dass er sich keine Sorgen machen und lieber ausruhen solle. Und Reinhild sagte das Gleiche.

»Kommt zu mir. Alle beide.«

So traten Pia und Reinhild von rechts und links zu dem todkranken Lothar. Der nahm jede an die Hand und hielt sie fest, während er langsam seine Augen schloss. Zufrieden und ohne jede Spur von Niedertracht.

17. WASCHBÄRKRIEG

Über dem Kiosk auf dem Mittelstreifen Frankenallee Ecke Speyerer Straße prangte stolz der Schriftzug *TRINKHALLE*. Womit zweifelsfrei manifestiert werden sollte, dass es sich bei dieser Einrichtung um eine Stütze der Gesellschaft handelte. An anderen Orten der Stadt firmierten Destinationen dieser Art auch als »Wasserhäuschen«, wobei sie gleichermaßen als Außenstellen des neu ins Leben gerufenen Bundesheimatministeriums fungierten zur Förderung regionalen Brauchtums und der Trunksucht im Allgemeinen.

Als Regina und Roman sich diesem Ort näherten, waren dortselbst zwei der anwesenden Kunden gewissermaßen als eingespieltes Team in die Zeremonie eines vermutlich allvormittäglichen Rituals versunken. Dies wurde durch die Order an den Betreiber eingeläutet: »Nomma zwo uff die AOK«. Woraufhin stillschweigend zwei kleine Fläschchen Jägermeister aus der Verkaufsluke herausangereicht wurden. Diese wurden sodann fachgerecht entschraubt, die Deckel auf die Nasenspitzen gesetzt und nach kurzem »Prost Heiner, Prost Walter« stilvoll zwischen die Schneidezähne positioniert, um in eine aufrechte Position manövriert direktemang in den Rachen abgefüllt zu werden. Der einzige Unterschied zwischen den beiden Herren bestand augenscheinlich darin, dass Heiner ein ärmelloses Feinrippunterhemd trug und Walter ein schwarzes T-Shirt mit fett aufgedrucktem, rotem Eintracht-Adler. Anschließend wurde kurz über den Flaschenhals geblasen, um die Behältnisse nach den daraus resultierenden Dampfergeräuschen wieder umweltfreundlich zuzuschrauben und letztendlich in den vorgesehenen Abfallbehälter zu entsorgen. Als flankierende Maßnahme wurde abschließend noch mit einem Schluck Binding-Adler nachgespült.

Nachdem Regina und Roman sich jeweils einen Kaffee bestellt hatten, wandte Heiner sich den beiden zu. Er sagte: »Eh, ihr seid wegen dem toten Waschbären da, gelle?«

»Wegen des«, korrigierte Roman.

Walter überging die Anregung zum Einsatz des Genitivs schmerzfrei. »Seid ihr von Grünweiß Nordend?«, fuhr er fragend fort.

Die beiden wussten, was damit gemeint war. »Ja, wir sind Bullen«, gab Regina zurück.

»Welch garstig Wort, Gnädigste. So war das doch nicht gemeint. Es war doch nur, weil ...«

»Weil was?«

»Weil ich euch hier noch nie gesehen habe.«

»Wir sind aus Gießen«, mischte Roman sich ein.

»Aus Gießen, echt? Na, das nenn ich aber einen Zufall. Ich war als junger Mann nämlich auch eine ganze Weile in Gießen. Hab da im Depot geschafft, bei den Amis. Mr. Kane, das war mein Chef.«

»Ja wirklich?«

»Wenn ich's doch sage. Dann seid ihr ja zwei echte Schlammbeißer oder wie.« Der Mann war offenbar bestens vertraut mit dem Nicknamen der Lahnstadtbewohner. »Obwohl das ja wohl mittlerweile ›Schlammbeiser‹ heißt, mit einem weichen S. Ist das so?«

»Ja, das ist so. Das heißt jetzt Schlammbeiser, mit einem weichen S.«

»Bei mir nicht. Bei mir heißt das immer noch Schlammbeißer, mit Doppel-S, so wie zu der Zeit, als das noch ein angesagtes Schimpfwort war. Und noch nicht irgendwie bedeutungsakrobatisch auf Tourismuskrücke gebürstet. ›Beisen‹, was soll'n das sein? Das Wort gibt's doch gar nicht. Und dass mit ›schlammbeisen‹ das Abkratzen von Scheiße zwischen den Häusern gemeint sein soll, ist doch ein Stuss hoch drei. Schlammbeisser waren früher welche, die nichts mehr zu fressen hatten und deshalb Erde gegessen haben, damit der Magen was zu tun hatte und die Magenwände nicht aneinandergeklebt sind. So verhält sich das.« Um seiner Aussage angemessenen Nachdruck zu verleihen, setzte er seine Flasche Binding Adler an, und auch sein Kumpel nahm nach kurzem, wortlosem Anstoßen einen Schluck aus dessen Steini.

Die Ermittler nutzten die Pause in Walters Vortrag, um den Betreiber der Trinkhalle anzusprechen. Sie fragten ihn, wie lange er für gewöhnlich abends offen habe.

»Normalerweise bis elf«, antwortete der Mann, »kommt aber drauf an, ob hier noch irgendwer abhängt oder nicht.«

Hinter den von einem Eisengitter geschützten Scheiben wurde ein ansehnliches Sortiment an alkoholischen und nichtalkoholischen Getränken sowie Notfall-Lebensmittel und Zeitschriften zum Verkauf bereitgehalten. Der Verkauf erfolgte über ein in die Front eingelassenes Durchreichfenster.

»Ihr seid von der Kripo?«, fragte der Mann aus dem Innern.

»Richtig, das sind wir«, antwortete Regina.

»Ist der abgemurkst worden?«, fragte er weiter mit einer entsprechenden Kopfbewegung zu dem Tatort, von dem Regina und Roman hergekommen waren.

Roman musterte kurz die Inhaber-Information, die neben der Durchreiche angebracht war. Er las neben einer Handy-Nummer den Namen *Burkhard Schlichting*. »Sagen Sie, Burkhard«, sagte er sodann, »Sie haben doch nichts dagegen, wenn ich Sie Burkhard nenne?«

»Kein Problem. Wie heißt ihr denn?«

»Ich heiße Roman, und das ist die Regina«, antwortete Roman.

Burkhard brachte ein leichtes Lächeln in sein Gesicht: »Schön, dass es bei der Polizei auch Esel gibt, die sich zuerst nennen. Aber egal, was kann ich für dich tun, Roman?«

»Hattest du gestern Abend auch bis elf auf?«

»Gestern sollte um Viertel nach elf ein Bericht über Kuba im Fernsehen kommen, den wollte ich gerne sehen. Deshalb hatte ich schon vorher alles aufgefüllt und Kasse gemacht und alles. Zehn vor elf war dann endgültig Schicht.«

»Wo wohnen Sie denn, wenn ich mal fragen darf«, unterbrach Regina den Mann, der offenbar über ein beachtliches Geschick in der Konversationsgestaltung verfügte.

»Du.«

»Bitte?«

»Wir waren beim Du, wenn ich den Roman richtig verstanden habe. War doch so, Roman, oder?«

»War so«, bestätigte Roman.

»Aber das ist ja nicht so wichtig. Also, Regina, ich wohne in der Idsteiner Straße. Weißt du, wo das ist?«

Regina wusste es nicht. Deshalb half Roman aus und deutete die Frankenallee westwärts: »Da runter, gelle?«

»Richtig, vielleicht dreihundert Meter, dann links bis zur Hausnummer 34. Aber bitte«, redete er weiter, wobei er Regina tief in die Augen blickte, »nicht einfach auftauchen ohne Anmeldung. Meine Liebste, die Rassja, ist nämlich die Eifersucht in Person. Wenn die nur ansatzweise was in den falschen Hals kriegt, dann aber Wind von vorn.«

Nachdem Regina und Roman einen Moment die Straße hinuntergeblickt hatten, von wo aus sie gekommen waren, fragte Roman weiter: »Dann bist du ja genau an der Stelle vorbeigekommen, wo heute Morgen der Tote aufgefunden wurde?«

»Müsste so gewesen sein, ja.«

»Ist dir da was aufgefallen? War da irgendetwas anders als sonst?«

»Was meinst du damit, Roman? Dass ich da über die Leiche gestolpert bin und mir gesagt habe; verdammt, wenn ich jetzt die Bullen rufe, kann ich mir die Sendung über Kuba abschminken? Meinst du, dass es so gewesen sein könnte?«

Für einen Moment dachte Roman, was er in letzter Zeit immer öfter denken musste, nämlich: Warum habe ich nicht einen anständigen Beruf gelernt?

Er nahm einen Schluck von seinem Kaffee, während neben ihm Heiner damit beschäftigt war, eine sorgsam abgezupfte Portion schwarzen Krauser in einen seitlich gummierten Streifen Efka-Blättchen einzuschlagen. Wobei er lauthals dozierte, dass in Holland die feinsten Leute bis rein ins Königshaus nur Selbstgedrehte rauchten, wogegen der Abschaum und die Penner sich mit Fertigzigaretten aus der Packung begnügen müssten.

Mittlerweile war ein Team der *Hessenschau* eingetroffen. Während der Kameramann und sein Kollege vom Ton ihr Equipment aus dem VW-Bus holten und einsatzbereit machten, fragte eine junge Redakteurin sich durch, um schließlich bei Regina und Roman zu landen.

»Angelika Euler, *Hessenschau*«, stellte die junge Frau sich vor und fragte forsch: »Sie leiten die Ermittlungen in dem Fall?«

In ihrer Rechten hielt sie ein Mikrofon, auf dessen Windschutz das Logo des Hessischen Rundfunks gepflockt war. Sie hatte halblange, rote Korkenzieherlocken und war mit einer Jeansjacke bekleidet, unter der sie eine mintfarbene Bluse trug.

»Das ist richtig«, antwortete Roman.

»Dürfte ich Ihnen ein paar Fragen stellen zu dem Vorfall?«

»Dürfen Sie gerne«, sagte Roman, »aber leider können beziehungsweise dürfen wir Ihnen nicht darauf antworten. Da müssen Sie sich schon an die Pressestelle des Polizeipräsidiums wenden.«

»Wir hatten vor vier Wochen über ein Treffen der Oberhessischen Jagdvereinigung in der Gallushalle Grünberg berichtet. Da hatten Tierschützer am Eingang in Waschbärkostümen demonstriert.«

»Interessant.«

»Und zwei Wochen später das gleiche Bild bei einer Jagd in Pohlheim. Stehen diese Vorfälle vielleicht in Zusammenhang mit dem Fall, den Sie nun aufzuklären haben?«

»Ich hatte Ihnen doch gesagt, wir sind nicht befugt, dazu Stellung zu nehmen. Aber Ihren Bericht …?«

»Ja.«

»Dürfte man sich den mal anschauen?«

»Kein Problem. Aber ›quid pro quo‹ möchte ich bitteschön als Erste erfahren, wenn sich ein Waschbärkrieg anbahnen sollte.«

»Waschbärkrieg? Sie meinen so wie Banden- oder Rockerkrieg?«

»Ganz genau so, ja.«

18. SCHLÜSSEL HER

Pia hatte ihren TT auf dem Parkplatz vor dem Haupteingang des Nordwestkrankenhauses abgestellt. Als sie mit Reinhild nach ihrem Besuch bei Lothar ins Freie trat, gingen die beiden Frauen stumm nebeneinander her, bis sie schließlich in den Wagen stiegen.

Weil Pia keine Anstalten machte, den Motor zu starten, nahm Reinhild an, dass der Besuch ihres Mannes sie zu sehr mitgenommen habe. Entsprechend verwunderlich fand sie es deshalb, dass die Frau plötzlich fragte: »Wissen Sie, was mein Mann gearbeitet hat?«

Reinhild musste kurz abwägen, ob eine wahrheitsgemäße Beantwortung dieser Frage sie in irgendeine Bredouille bringen könnte. Sie antwortete: »Mir hat er gesagt, dass er beim Finanzamt sei. War das nicht richtig?«

»Doch, schon. Aber hat er auch gesagt, was er da genau gemacht hat?«

Wie lange wollte die denn noch warten, bevor sie den Motor anwarf, damit man endlich hier abhauen konnte? »Nein, hat er nicht.« Und was, verdammte Kacke, sollte diese blöde Rumfragerei?

»Er war zuständig für die Bearbeitung von Selbstanzeigen. Wissen Sie, was das ist, eine Selbstanzeige?«

»Nicht genau, nein.«

»Aber Sie wissen, was eine Steuererklärung ist?«

Reinhild wollte nicht eingestehen, dass es in ihrem früheren Leben mal solche Dinge gegeben haben könnte. »Natürlich. Das weiß doch jeder.«

Pias Hände umklammerten das lederne Lenkrad mit festem Griff, gefolgt von einem eindringlichen Blick zu ihrer Begleiterin. »Dann wissen Sie auch, was passiert, wenn man in einer solchen Erklärung gewisse Einkünfte nicht angibt?«

Was war das nur für ein Klunker, der da grünglänzend den fetten Ring an ihrer Rechten schmückte? Reinhild wagte nicht zu fragen, ob es ein Smaragd sei. Und wahrscheinlich hätte sie auch nichts damit anfangen können, wenn Pia ihr eröffnet hätte, dass es sich um einen echten Buccellati handele. Wobei sie selbstverständlich mit keinem Wort erwähnt hätte, dass selbiges Teil fast 70.000 Euro gekostet habe. So war sie nun mal. Diskret durch und durch.

»Im Prinzip gibt es zwei Möglichkeiten«, nahm Pia wieder den Faden auf, »die eine besteht darin, das Finanzamt merkt, dass man besagte Einnahmen nicht angegeben hat oder …«

»Oder?«

»Oder man macht Gebrauch von dem Instrument der Selbstanzeige. Dafür meldet man dem Finanzamt, dass man vergessen habe, die besagten Einnahmen zu deklarieren, und wolle sie nun im Nachhinein versteuern.«

»Verstehe.«

»Allerdings sollte zu dem Zeitpunkt noch kein Verfahren wegen Steuerhinterziehung durch die Finanzbehörden eingeleitet worden sein.«

»Sowieso.«

»Weil diese Vorgänge aber bisweilen terminlich nicht sauber voneinander zu trennen sind und es bisweilen um unverschämt hohe Summen geht, könnte es vorgekommen sein, dass der Lothar ...«

»Ja, was denn?«

»Wie soll ich sagen ...«

Die Frau musste sich innerlich einen Stoß versetzen. »Die Hand offengehalten hat.«

Reinhild rieb fragend die Finger ihrer rechten Hand, Geld bedeutend.

»Richtig. Besagte Selbstanzeiger haben nämlich ein vitales Interesse daran – wie man so sagt – sich eine objektive und wohlwollende Beurteilung ihres Falles zuzusichern.«

»Schön und gut. Aber was habe ich mit all dem zu tun?«

»Sie können sich nicht vorstellen, was Sie damit zu tun haben?«

»Was soll dieses Katz- und Maus-Spiel? Sagen sie mir, was Sie wollen. Dann kann ich Ihnen sagen, was ich damit zu tun habe. Okay?«

»Also gut.« Pia zog ihr Smartphone aus dem äußeren Seitenfach ihrer Handtasche hervor, das sich in einem Swarovski-Etui befand. »Worüber haben Sie sich mit meinem Mann unterhalten, als ich den Raum verlassen hatte?«

»Über nichts Besonderes«, antwortete Reinhild, »er hat mir erzählt, wie gut ihm meine Gedichte gefallen.«

»Ihre Gedichte?«

»Ja, richtig. Meine Gedichte und meine Geschichten.«

»Das hört sich interessant an?«

»Und ich habe ihm versprochen, falls ich mal ein Buch veröffentlichen sollte, ich es ihm widmen werde.«

Pia rief das auf dem Smartphone installierte Diktiergerät auf und wählte eine Aufnahme, die sie über eine Timeline abrief.

Aus dem Gerät wurden die Stimmen von Reinhild und Lothar vernehmbar.

Obwohl Reinhild sofort wusste, was da aus dem Smartphone zu hören war, fragte sie: »Was ist das?«

»Ach, Kindchen«, antwortete Pia, »glaubst du wirklich, ich hätte meine Handtasche mit dem Handy zufällig auf dem Nachttisch stehen gelassen?«

Sie ließ die Aufzeichnung eine Weile laufen, bis Reinhild ausbrach: »Hören Sie auf. Machen Sie das aus. So etwas ist verboten.«

»Und wer will es mir denn verbieten? Du?«

Sie fuhr auf der Timeline weiter vor, bis die Sprache auf den Schlüssel kam.

»Na, da schau her«, kommentierte die Ehefrau das Gesagte, »da war also ein Schlüssel im Spiel, ja?«

Reinhild blickte stumm geradeaus durch die Frontscheibe des TT, bis sie Pias geöffnete Handfläche neben sich spürte.

»Her damit«, forderte die.

»Nix«, antwortete Reinhild, »das ist mein Schlüssel, den hat der Lothar mir gegeben.«

»Her mit dem Schlüssel!«, legte Pia nach.

Und weil Reinhild sich zukniff wie eine Zitrone, zog Lothars Frau mit ihrer Linken eine Pistole aus der Handtasche und richtete sie auf sie.

»Nix, das ist mein Schlüssel. Und den kriegst du nicht.«

»Den Schlüssel, verdammt, ich mach dich kalt, du …!«, schrie die Frau nun. »Alles, was meinem Mann gehört, gehört auch mir. Also her mit dem Schlüssel, sonst …« Mit einer entsprechenden Handbewegung gab sie zu verstehen, dass sie ansonsten schießen würde.

Während sie das sagte, wechselte sie die Pistole in ihre Rechte, wobei sie für einen Moment nicht die Kontrolle über die Waffe besaß, was Reinhild dafür ausnutzen konnte, den Arm der Frau mit angemessener Wucht zur Seite zu schlagen. Dadurch wurde Pias Ellbogengelenk schmerzhaft überdehnt und unverzüglich entglitt ihr die Pistole.

Mit einem beherzten Griff nahm Reinhild die Waffe an sich und richtete sie nun ihrerseits auf Pia: »Du wirfst jetzt deine Karre an und verschwindest von hier. Hast du mich verstanden? Und komm bloß nicht auf die Idee, mir irgendwo aufzulauern. Wenn ich dich noch ein einziges Mal irgendwo sehe, knall ich dich ab wie einen Hund. Ist das klar?«

Pia fiel es schwer zu akzeptieren, dass die Situation sich so schlagartig zu ihrem Nachteil verändert hatte.

»Und wenn du mich in der Stadt näherkommen siehst, dann wechselst du verdammt noch mal die Straßenseite. Klar?«

Pia nuschelte etwas, das nicht eindeutig zu verstehen war.

»Klar?!«, forderte Reinhild nochmals.

»Ja, klar«, gab die Finanzbeamtengattin nun vernehmlich zu verstehen, bevor Reinhild ausstieg und sie mit ihrem silberfarbenen Audi TT Cabrio das Weite suchte.

19. MÖRDERBANDE

Als sie den Raum betraten, blickten ihnen ein gutes Dutzend Waschbären entgegen. Es handelte sich um das Startbild des Berichts über den Konflikt zwischen Mitgliedern der Jagdvereinigung und Tierschützern.

Angelika Euler hatte Regina und Roman am Hauptportal des Hessischen Rundfunks abgeholt und sie zu einem Schnittstudio in der ersten Etage geführt. Unterwegs hatte sie behutsam angefragt, ob die Sachlage um den Toten aus dem Gallus neue Erkenntnisse zutage gebracht habe. Die Ermittler verwiesen darauf, dass sie sie selbstverständlich umgehend informieren würden, sobald sich etwas Neues ergebe. Die Information, dass der Mann kurz vor seinem Tod noch von hinten genommen worden sei, erwähnten sie mit keinem Wort.

Die Redakteurin bot den Ermittlern einen Platz vor einem etwas größeren Monitor an. Dann fuhr sie den Bericht ab. Der Ton kam aus Lautsprechern so groß wie Litfaßsäulen, die jedes noch so kleine Geräusch erklingen ließen wie ein Konzert in der Alten Oper. Als Einführung wurden Aufnahmen gezeigt, in denen Waschbären sich nächtens an Mülltonnen zu schaffen machten. Im Kommentar war zu hören, dass die Tiere sich mehr und mehr zu einer landesweiten Plage entwickelten. Es wurde erklärt, dass die Tiere aus Nordamerika stammten und im Jahre 1934 zwei Pärchen in der Nähe des Edersees ausgesetzt worden seien und sich von da aus millionenfach vermehrt hätten. Als Hauptgrund für diese massive Population wurde genannt, dass Waschbären hierzulande anders als in den Wäldern Nordamerikas keine natürlichen Feinde hätten. Denn hier gebe es keine Bären, Luchse oder Wölfe, die ihnen gefährlich werden könnten. Anschließend gab ein gewisser Dirk Landau als Vorsitzender der Jagdvereinigung ein Statement ab, dass man der massiven Population der Waschbären unbedingt entgegenwirken müsse, weil die Schäden, die diese Tiere anrichteten, zusehends schlimmere Ausmaße annähmen.

Als nächste Sequenz wurden Landau und andere Jäger bei ihrem Einmarsch in die Grünberger Gallushalle gezeigt, wo Tierschützer in Waschbärkostümen den Eingang säumten und skandierten: »Blut an euren Händen! Schande, Schande Mörderbande!«

Dann kam als Vertreter der Tierschützer ein Mann zu Wort. Eine zwischenzeitlich eingeblendete Bauchbinde wies ihn als Boris Neuweger aus, der die Ansicht vertrat, dass Waschbären eine überaus nützliche Gattung der Marder seien und dass das, was die Jäger hier veranstalteten, einem vernichtungswütigen Tötungswahn entspringe, der durch nichts zu rechtfertigen sei. Dann ging es darum, dass die Schonzeit für Waschbären gänzlich ausgesetzt und Fangprämien pro erlegtem Tier ausgelobt werden sollten.

Als der Beitrag fertig war, fragte Roman: »Hätten Sie vielleicht eine Anschrift oder Telefonnummer von dem Herrn Landau. Wir würden uns gerne mal mit ihm unterhalten.«

Angelika Euler las aus ihrem Smartphone eine Handynummer und eine Adresse im Frankfurter Gallus vor.

20. 1136

Sie musste aufpassen, dass sie nicht auf welche von der Bahnpolizei traf. Denn schon zu oft war sie von denen aus dem Gebäude gejagt worden. Immer wieder kamen sie an und hatten dann voll scheinheilig gefragt, ob sie mal ihren Fahrschein sehen dürften. Sie hat dann immer angefangen in ihren Taschen nach dem verdammten Ticket zu suchen, das es natürlich gar nicht gab. Das war dann immer so etwas wie eine Performance. Und die dauerte in der Regel so lange, bis die Bullen sie schlussendlich gepackt und mit Hausverbot bedacht an die frische Luft gesetzt hatten. Und das alles nur, damit die anständigen Fahrgäste ja kein menschliches Elend mitbekamen.

Sie setzte sich gegenüber vom Eingang Nordseite noch mal kurz auf die Bordsteinkante und ging im Kopf alle Stationen der Strategie durch, die sie sich zurechtgelegt hatte. Ihre Mission war, das Schließfach 1136 ausfindig zu machen, es mit dem Schlüssel, den sie von Lothar erhalten hatte, aufzuschließen und den Inhalt in ihre Obhut zu bringen. Was mochte Lothar ihr da wohl vermachen wollen? Ihr Lothar, diese elende Drecksau, der sie so lange über Wasser gehalten hatte und der sich jetzt so unsäglich verpissen wollte. Auf keinen Fall durfte sie die Nummer abziehen, aus Versehen etwas in ihren Rucksack versenkt zu haben. Denn da wäre die Gefahr zu groß, dass sie auf einmal die Pistole in der Hand halten könnte, die sie dieser Pia abgenommen hatte. Pia, diese verdammte Hinterfotze, die sich jetzt bestimmt in irgendeinem Krankenhaus ihre Flosse verbinden und am Ende auch noch gegen Tetanus spritzen ließ.

Für einen Moment dachte sie an die Zeit zurück, als sie noch ordentlich gearbeitet hatte und in der Krankenkasse war. An die Zeit, als man, wann immer einem danach war, sich in ein warmes, aufgeräumtes Wartezimmer setzen konnte, um dann wegen irgendeines vorhandenen oder simulierten Wehwehchens an sich rumfummeln zu lassen. Eines Tages, das malte sie sich aus, würde sie auch wieder eine Krankenversicherung haben. Dann würde sie einfach zu einem Zahnarzt gehen und sagen: Hopp, oben und unten alles neu. Ja, das würde sie machen. Und sie würde sich eine Manschette verschreiben lassen, weil sie angeblich eine Sehnenscheidenentzündung hätte. Vom Tippen, würde sie sagen, vom Tippen ihrer Geschichten. Denn dann, wenn sie wieder in der Krankenkasse war, wäre sie – und das war der zweite Teil dessen, was ihr durch den Kopf ging – bestimmt auch Schriftstellerin. Da würde sie sich einfach jeden Morgen nach dem Frühstück an einen aufgeräumten Schreibtisch setzen, wo sie einen mächtigen Computer stehen hätte, und mit leichten Fingern über die Tasten fliegen, um ihre wunderbaren Texte einzugeben. Ja, wenn sie nur wieder in der Krankenkasse wäre. Was ihr natürlich bestimmt auch helfen würde, einen Platz für eine Therapie zu bekommen.

Jetzt aber musste sie erst mal die Sache mit dem Schließfach hinter sich bringen. Noch einmal tief durchatmen, dann sollte es losgehen. Mit einem Tunnelblick einzig darauf fokussiert, zu dem Schließfach zu gelangen, machte sie sich auf den Weg. Nur niemanden direkt anschauen, sagte sie sich immer wieder.

Die Schließfächer befanden sich rechts der Bahngleise. Eine schier endlose Reihe von Metalltüren, die sich wie nummerierte Urnenwandgräber aneinanderreihten.

Angefangen mit den Hundertern kamen endlich die Tausender und schließlich das Fach mit der Nummer 1136. Noch einmal verglich Reinhild die Nummer mit der Einstanzung auf ihrem Schlüssel.

»Los geht's«, sagte sie sich, musste aber sogleich bemerken, dass der Schlüssel sich nicht einfach umdrehen und das Fach öffnen ließ. Es brauchte einen Moment, bis sie erkannte, dass sie erst 49,- Euro würde einwerfen müssen, um die überzogene Lagerungsgebühr nachzulösen. Das hatte sie sich anders vorgestellt. Denn was wäre, wenn sich in dem Schließfach vielleicht gar nichts oder etwas völlig Unnützes befinden sollte? Das wäre zwar nicht anzunehmen angesichts dessen, wie Lothar und seine Frau sich verhalten hatten, aber sicher wissen konnte man es nicht.

Und während sie darüber noch nachdachte, musste sie anhand der Hinweise an der Tür des Schließfachs entdecken, dass die Bezahlung der offenen Gebühr nur mit Zwei-Euro-, Ein-Euro- und 50-Cent-Münzen zu bewerkstelligen sei. Wo verdammt sollte sie auf die Schnelle so einen Haufen Kleingeld herkriegen? Die Läden innerhalb des Bahnhofs würden sich bedanken, wenn sie ihr Kleingeld auf diese Weise loswerden sollten.

Noch darüber nachdenkend, wie sie die Situation in den Griff kriegen könnte, hörte sie neben sich eine Stimme: »Na, wen haben wir denn da?« Bei dem Mann, der da zu ihr sprach, handelte es sich um einen von zwei Bahnpolizisten, denen sie keine Unbekannte war.

»Haben wir vielleicht vergessen, dass wir hier im Bahnhof Hausverbot haben?«, fügte der andere hinzu.

21. REKTAL

Im Hintergrund des Raums hing das Waschbärenkostüm wie eine abgezogene Haut an der Wand. Im Vordergrund stand Dr. Sartorius an dem Seziertisch, wo der Leichnam des Mannes aufgebahrt lag, der im Park der Frankenallee tot aufgefunden worden war.

»Auf dem Einlieferungsbericht war vermerkt, dass die Identität des Mannes ungeklärt sei. Hat sich daran mittlerweile etwas geändert?«, fragte Dr. Sartorius.

»Leider nicht, nein«, antwortete Regina, und Roman fügte hinzu: »Wenn wir vielleicht ein Foto von dem Mann haben könnten, um damit zu arbeiten?«

»Kein Problem, schicke ich euch gleich nachher per WhatsApp.«

»Danke. Und können Sie uns was an die Hand geben, wie er zu Tode gekommen ist?«

»Kopfschuss, definitiv«, gab der Rechtsmediziner knapp zur Antwort, während er den gegenüberliegenden Arm der Leiche fasste und den Körper mit einem fachmännischen Griff auf den Bauch wendete.

Am Hinterkopf war die Kopfhaut in einem 10 mal 10 Zentimeter großen Quadrat entfernt worden, sodass ein Einschussloch im Schädel frei zu erkennen war sowie der bereits wieder zugenähte Sektionsschnitt in der Kopfschwarte.

»Den Schmauchspuren nach dürfte das tödliche Geschoss aus einer Entfernung von drei bis fünf Metern auf ihn abgefeuert worden sein. Was die Kugel und die herausgenommene Kopfhaut angeht, so werde ich sie der Ballistik zukommen lassen, damit die sich drum kümmern.« Er zeigte den Ermittlern eine Nierenschale aus Edelstahl, in der die Pistolenkugel, die er aus dem Schädel der Leiche entfernt hatte, unterlegt von einem metallischen Geräusch hin und her rollte. »Die werden Genaueres zu der Schussentfernung sowie zu Waffe und Munition sagen können.«

Roman nahm die Schale in die Hand und beugte sich näher zu der Kugel: »Eine 7.65?« Dann betrachtete er das auf eine Pappe aufgelegte Kopfhautquadrat mit anhängenden Haaren und dem dunklen Loch in der Mitte. Die Pappe war mit oben, unten, rechts und links sowie der Sektionsnummer beschriftet.

»Wenn Sie es sagen.«

»Und was ist mit dem Todeszeitpunkt? Können Sie dazu was sagen?«, übernahm Regina wieder das Reden.

»Anhand der maßgeblichen Komponenten Körperkerntemperatur in Relation zur tageszeitlich bedingten Außentemperatur sowie Leichenflecken und Todesstarre dürfte der Mann zwischen 22.00 Uhr gestern Abend und 2.00 Uhr heute früh zu Tode gekommen sein.«

»Das ist eine Zeitspanne von vier Stunden.«

»Immerhin. Aber sagen Sie, Sie sind doch aus Gießen, wenn ich das richtig mitbekommen habe?«

»Ja, das stimmt. Wir sind für den Fall hier nach Frankfurt angefordert worden.«

»Und warum, wenn ich fragen darf?«

»Bei dem Mann wurde eine Einladung zu einer Veranstaltung im Gießener Liebig-Museum gefunden.«

»Verstehe. Um was für eine Veranstaltung handelt es sich dabei?«

»Das wissen wir noch nicht. Die ist erst morgen Abend.«

»Vielleicht im Zusammenhang mit der Aufnahme ins Weltkulturerbe der Unesco?«

»Möglich.«

»Die sind da ja sehr aktiv.«

»Wir werden es erfahren.«

»Ich habe was darüber in der FAZ gelesen.«

»Ach ja?«

»Ja. Da stand, dass so eine Aufnahme nicht ohne ist. Die machen da ja einen Bohai, als ginge es um den Austragungsort der Fußballweltmeisterschaft.«

»Sehr begehrt so eine Aufnahme, ja?«

»Na ja, das sind ja auch ziemliche Kaliber, die da bereits aufgenommen wurden. Was weiß ich: Der schiefe Turm von Pisa, die Cheops-Pyramide, die KZ-Gedenkstätte von Auschwitz, alles Einrichtungen von immenser Bedeutung.«

»Dann würde es für Gießen ja eine sehr große Aufwertung bedeuten, in diesen Kreis aufgenommen zu werden.«

»Das kann man laut sagen. Aber sagen Sie, haben Sie denn schon irgendwelche Hinweise auf die Tatwaffe?«, kam Dr. Sartorius auf den vor ihm liegenden Leichnam zurück.

»Nein, leider auch noch nicht«, antwortete Regina.

Und Roman fügte hinzu: »Wann können wir denn mit Ihrem schriftlichen Obduktionsbericht rechnen?«

»Morgen. Ich faxe ihn zu, wenn das recht ist.«

»Super«, sagte Regina, und die Ermittler wollten sich schon losmachen, als der Rechtsmediziner sie doch noch zurückhielt.

»Eines noch«, sagte Dr. Sartorius.

»Was denn?«

»Wir haben unter seinen Fingernägeln eine Gewebe-Spur sicherstellen können. Wahrscheinlich von der Abwehr eines Kampfes. Sollen wir eine DNA-Untersuchung durchführen?«

»Okay, alles klar.«

»Und dann noch was.«

»Hm?«

»So, wie es aussieht beziehungsweise was das Vorhandensein gewisser Körpersekretspuren ergeben hat, hatte der Mann noch kurz vor seinem Tod Geschlechtsverkehr.«

»Das heißt, wir sollten unsere Ermittlungen vielleicht zunächst auf ein mehr oder weniger frisch begattetes Waschbärweibchen ausrichten?«, entgegnete Roman.

»Das – ehrlich gesagt – weniger. Die auffälligen Spuren, die den Akt vermuten lassen, stellten sich in dem routinemäßig rektal entnommen Abstrich dar.«

22. HACKFRESSE

Da haben Sie aber Glück, dass ich immer ein paar Rollen Münzgeld vorrätig habe«, sagte der Betreiber des Uhren- und Schmuckgeschäfts, als Reinhild gefragt hatte, ob er ihr fünfzig Euro in Zwei- und Ein-Euro-Münzen wechseln könne. Dann hatte er gefragt, ob sie nicht noch was anderes für ihn habe.

»Was denn?«, hatte sie dagegen gefragt.

»Nun ja, ich hatte Ihnen ja in Aussicht gestellt, noch was nachzulegen, wenn Sie mir das Zertifikat für die Uhr beibringen. Erinnern Sie sich nicht?«

In dem Moment fiel Reinhild wieder ein, wovon der Mann sprach. Sie war an dem Morgen schon mal bei ihm gewesen. Drei Türken hatten sie auf der Straße angequatscht, ob sie auf die Schnelle zweihundert Euro verdienen wolle.

»Was heißt ›auf die Schnelle‹?«, hatte sie gefragt.

Und einer von den dreien mit einer Glatze und einem Kotelettenbart hatte geantwortet: »Wenn du dich nicht zu bescheuert anstellst, hast du es in fünf Minuten hinter dir.«

Im ersten Moment hatte sie sich nur gefragt, was für eine perverse Nummer die drei wohl mit ihr durchziehen wollten. Aber dann sagte sie sich: Scheiß egal, sollen sie eben mit mir machen, was sie wollen, Hauptsache ich kriege die zweihundert auf die Kralle.

Dann aber hatten die Kerle überhaupt kein Interesse an ihrem Körper, sondern wollten nur, dass sie mit einer Uhr in den Laden geht, in dem sie nun wieder war, um sie dort zu verscherbeln.

Im Verlauf des Hin und Her hatte der Chef des Ladens gesagt, dass er was mehr für das Teil abdrücken würde, wenn sie ihm noch das zu der Uhr gehörige Zertifikat beibringen würde. Sie hatte das zwar den drei Türken so weitergegeben, aber im Prinzip ging ihr das kalt am Arsch vorbei. Sie war froh, als sie die zweihundert Mäuse endlich in der Hand hielt und sich aufmachen konnte zur Konsti, um sich mit was Crack einzudecken.

Als Reinhild den Fünfzig-Euro-Schein, den sie gewechselt haben wollte, auf die Theke des Ladens legte, meinte ihr Gegenüber: »Sie werden verstehen, dass ich selbstverständlich eine Bearbeitungsgebühr erheben muss. Sie verstehen, was ich meine?«

»Was?«

»Zehn Euro.«

»Wie? Dafür, dass Sie mir die fünfzig Euro wechseln, wollen Sie zehn Euro Bearbeitungsgebühr?«

»Das haben Sie ganz richtig verstanden.«

»Verdammte Scheiße, da kann ich ja gleich zur Bank gehen.«

»Wenn Ihnen das lieber ist, sollten Sie das tun.«

Reinhild wusste, dass ihre Auftritte in Banken stets unschön endeten. Meist wurde sie gleich nach dem Eintreten in einen Schalterraum auch schon wieder hinauskomplimentiert. Also legte sie noch einen Zehner mehr auf den Tresen. Jetzt betrug ihre Barschaft gerade mal noch vierzig Euro, was hieß, dass sie nicht, wie sie es vorhatte, Himbeer-Toni seine achtzig Euro würde zurückgeben können, um die Wogen ihres vorausgegangenen Stresses zu glätten. Reinhild verabschiedete sich aus dem Laden mit einem kernigen: »Halsabschneider!«

Das Einwerfen der 49,- Euro war ein ziemlicher Schaff, zumal sie ständig ein Auge darauf haben musste, dass keine Bahnpolizei zu sehen war. Außerdem konnte sie nur hoffen, dass der Apparat nicht aus welchen Gründen auch immer in einen »Tilt-Modus« verfallen könnte und die bereits eingeworfenen Münzen wieder ausspuckte wie bei einer Serie am Geldautomaten.

Als das dann erledigt war und sie noch einmal nach rechts und einmal nach links die Reihe hinuntergeguckt hatte, konnte sie endlich den Schlüssel umdrehen und die Tür aufklappen, alles nach Plan.

Und dann?

Im Innern des Schließfachs ein Köfferchen aus Metall, silbern und nicht besonders groß. Jetzt nur die Ruhe bewahren, musste sie sich erneut ins Gedächtnis rufen, nur die Ruhe bewahren.

Und noch während sie innerlich mit sich rang, ob sie nicht abweichend von ihrem ursprünglichen Plan doch mal rasch einen Blick ins Innere des Köfferchens werfen sollte, erklang auch schon hinter ihr eine Männerstimme.

»Was haben wir denn vorhin gesagt, he?«

Bei dem Mann, der da zu ihr sprach, handelte es sich um einen der zwei Bahnpolizisten, die sie zuvor weggeschickt hatten.

»Dass ich abhauen soll. Alles klar, kein Problem«, antwortete Reinhild und startete mit ihrem Köfferchen los Richtung Ausgang.

»Was issen da drin«, rief ihr nun der andere Bahnpolizist hinterher.

Ohne ihren Schritt zu unterbrechen, rief sie schnippisch zurück: »Geld. Was denn sonst.«

Jetzt fühlte sie sich wie zu Zeiten, als sie noch mit Ladendiebstählen über die Runden kommen musste. Nur nicht umdrehen und auf gar keinen Fall mit einem ängstlichen Gesichtsausdruck. Und sich auch nur nicht dadurch verdächtig machen, dass man den Schritt beschleunigt.

Und genau wie früher ihr Stoßgebet: Lieber Gott, bitte lass mich doch ungeschoren davonkommen.

Sie hatte keine Ahnung, wo sie überhaupt hinwollte. Und alles, was ihr durch den Kopf ging, war, dass sie froh sein konnte, die Bahnpolizisten abgeschüttelt zu haben und dass sie vor Neugier fast umkam, was sich wohl in dem Köfferchen befinden könnte.

Sollte es am Ende wirklich so sein, dass es voll war mit Geld? Immerhin konnte das, was Lothar gesagt und wie seine Frau sich verhalten hatte, so ausgelegt werden. Um Gewissheit zu kriegen, war es dringend nötig, einen Blick ins Innere zu werfen. Aber nur wo? Wo wäre sie ungestört und alleine genug, um das Teil in Ruhe aufzumachen und hineinschauen zu können?

Noch mit diesen Gedanken beschäftigt, hatte sie das Bahnhofsgebäude über den Ausgang Nordseite verlassen. Unterwegs zum Vorplatz blickte sie sich dann zum ersten Mal um, seit sie bei den Schließfächern losgegangen war. Und siehe da, die beiden Bahnpolizisten waren ihr offensichtlich nicht gefolgt. Uff.

Gerade, als sie an dem Taxihalteplatz vorbeikam, fuhr ihr jedoch ein anderer Schreck in die Knochen. Denn da kam von der Innenstadt her Himbeer-Toni auf sie zu.

Verdammte Scheiße, was sollte sie machen? Ihr war klar, dass er seine achtzig Euro wollte, die sie aber nicht hatte. In ihrer Not griff sie nach der hinteren Einstiegstür des an vorderster Position wartenden Taxis. Mit einem Ratsch hatte sie die Tür aufgerissen und saß auf der Rückbank.

Noch bevor sie dem Kutscher jedoch irgendein Fahrtziel vorgeben konnte, war Himbeer schon da und riss die Tür auf. »Wo ist meine Kohle?«, schrie er, derweil Reinhild den Taxifahrer dazu bringen wollte, doch einfach loszufahren.

»Und wohin?«, fragte der.

»Egal, einfach geradeaus«, gab sie zur Instruktion.

»Du fährst nirgendwohin, solange ich nicht meine Kohle habe. Hast du mich verstanden?«, schrie Himbeer weiter.

»Okay, okay«, sagte Reinhild, »du musst doch nicht so rumkreischen. Wir können das doch in Ruhe regeln.«

»Und wie? Wie willst du das in Ruhe regeln?«

Am liebsten hätte Reinhild gesagt: Ich werde dir sagen, wie wir das regeln: Du verschwindest aus der Stadt und lässt dich nicht mehr blicken. Aber stattdessen öffnete sie zögerlich die Klappe des Metallköfferchens. Dabei achtete sie peinlichst darauf, dass Himbeer keinen Einblick in sein Inneres bekam.

Was sie da sah, verschlug ihr schlichtweg den Atem. Innerlich fühlte sie sich an die Szene in *Pulp Fiction* erinnert, wo Samuel L. Jackson John Travolta fragt: »Sind wir glücklich?«, und der antwortet: »Oh ja, wir sind glücklich.«

Überwältigt von einem Gefühl wie Ostern und Weihnachten auf einen Schlag konnte sie ihren Blick gar nicht genug daran weiden, dass das Köfferchen bis obenhin voll war mit fein säuberlich banderolierten Hundert-Euro-Scheinen. Schlafwandlerisch fuhr ihre Rechte ins Innere des Köfferchens und zog einen Hunderter hervor, den sie sogleich zusammengeknüllt Himbeer-Toni zum Fraß aus dem Auto warf: »Hier, und jetzt lass mich endlich in Ruhe, du elende Hackfresse!«

Den Moment der Überraschung ausnutzend, forderte sie den Kutscher auf, die Zentralverriegelung zu aktivieren und endlich loszufahren. Der startete auch sogleich den Motor und fuhr tatsächlich los. Reinhild wunderte sich nicht schlecht, dass der Mann einfach so ihrer Anweisung nachkam. Denn ansonsten wurde ihr in ähnlichen Situationen abverlangt, erst einmal Geld vorzuzeigen, um nachzuweisen, sich die Fuhre überhaupt leisten zu können.

Warum hatte dieser Fahrer darauf verzichtet. War er vielleicht neu in dem Gewerbe und noch unerfahren in solchen Dingen? Dass er am Ende auch gar nicht wusste, mit der Frage nach dem Geld die einzige Handhabe zu haben, einen Fahrgast ablehnen zu können? Oder sollte er vielleicht bei ihrem Hantieren an dem Köfferchen spitzgekriegt haben, dass sie eine ganz mächtige Marie da drin hatte?

Reinhild wusste es nicht, und während der Wagen losfuhr und Himbeer neben der Einstiegsleiste damit beschäftigt war, den Hundert-Euro-Schein glattzustreichen, fragte der Fahrer erneut nach einem Fahrtziel.

»Wissen Sie was?«, sagte Reinhild.

»Was?«

»Fahren Sie zur Drogenhilfe. Wissen Sie, wo die ist?«

»Schielestraße?«

»Genau.«

Die Fahrt in den Westen von Fechenheim dauerte zwanzig Minuten. Vor der Drogenhilfe angekommen, sagte Reinhild, der Taxler solle die Uhr weiterlaufen lassen, sie komme gleich wieder zurück. Der Kutscher wusste nur zu gut, dass er beim Warten weit weniger auf die Uhr bekam als beim Fahren. Außerdem bestand die Gefahr, dass der Fahrgast nicht zurückkehrte und er neben dem zeitlichen Verlust auch noch einen finanziellen zu verschmerzen hätte.

Also sagte er: »Lassen Sie mir was da.«

»Wie ›was da‹?«

»Geld.«

»Damit Sie damit abhauen, bevor ich wieder zurück bin. Die Tricks kenn ich.«

»Wenn Sie das nicht wollen, zahlen Sie, was bis jetzt auf der Uhr ist und rufen sich ein neues Taxi, wenn Sie weiterfahren wollen.«

»Jetzt stellen Sie sich bloß nicht an wie ein Mädchen. Ich bin doch gleich wieder da. Und dann geht's vielleicht sogar bis nach Gießen.«

Wortlos hielt der Fahrer seine offene rechte Hand nach hinten als Aufforderung, ihm ein Pfandgeld auszuhändigen.

Reinhild musste einen Moment überlegen, bevor sie erneut in ihr Köfferchen griff und einen weiteren Hunderter daraus hervorholte. Sie griff den Schein so, dass sie ihn in der Mitte auseinanderreißen konnte und eine Hälfte dem Taxifahrer gab. »Hier«, sagte sie, »die andere Hälfte gibt's bei Fahrtende.«

23. MÖRDER

Landaus Wohnung befand sich im vierten Stock. Es war eines der auf modern sanierten Häuser, die dem Negativ-Image des Gallusviertels entgegenwirken sollten.

Nachdem Regina und Roman aus dem Fahrstuhl gestiegen waren, hatten sie vor der Tür zu Landaus Wohnung Aufstellung genommen. Regina hatte die Klingel gedrückt. Während sie warteten, wurde auf der gegenüberliegenden Seite des Flurs leise eine Tür geöffnet. Ein Mädchen um die acht Jahre steckte ihren Kopf heraus.

»Na, willst du mal gucken, was hier los ist?«, sprach Regina die Kleine an.

Die nickte schüchtern, und nachdem Roman nochmals den Klingelknopf gedrückt hatte, sagte sie: »Der Herr Landau, der ist ein Mörder.«

»Das ist aber nicht nett, was du da sagst«, sagte Regina, »wie kommst du denn darauf?«

»Meine Mama hat das gesagt. Sie hat es im Fernsehen gesehen.«

»Und was? Was hat sie da gesehen?«

»Er hat die kleinen Waschbären umgebracht. Ganz viele. Sie haben es im Fernsehen gezeigt.«

»Ist deine Mama denn da?«

Das Mädchen drehte sich um und rief in die Wohnung hinein: »Mama, da sind Leute.«

»Was denn für Leute?«, rief eine Frauenstimme zurück.

»Wir sind von der Polizei«, gab Regina zurück.

»Von der Polizei!«, leitete das Mädchen weiter.

Kurz darauf erschien die Mutter in einem türkisfarbenen Bademantel. Sie frottierte sich ihre noch feuchten Haare: »Von der Polizei? Wieso das denn?«

»Entschuldigung, wir wollen eigentlich zu Herrn Landau.«

»Was wollen Sie denn von dem?«

»Wir möchten gerne mit ihm reden.«

»Und worüber?«

»Das würden wir ihm gerne selbst sagen. Wissen Sie vielleicht, wo wir ihn erreichen könnten?«

Um den skeptischen Blick der Frau zu entkräften, zückte Regina ihren Dienstausweis.

Die Mutter musterte das Dokument eingehend, bevor sie sagte: »Er handelt mit Autos. Auf der Mainzer Land. Ich meine, so in den Hunderternummern. *Bestcar* oder so, das ist seine Firma.«

»Danke.«

»Wenn Sie ihn sehen, sagen Sie nichts davon, was meine Tochter gesagt hat, okay?«

»Keine Sorge.«

24. WIEDER DRUFF

Wie lange kennen wir uns jetzt?«

»Weiß nicht.«

»Als ich angefangen habe, warst du schon lange Kundin hier. Und das ist mittlerweile acht Jahre her, stimmt's?«

»Kommt hin.«

»Und wie viele Entgiftungen hattest du in der Zeit?«

Reinhild musste einen Moment überlegen: »Vier?«

»Richtig, vier«, sagte Tina Diehl, »und jedes Mal warst du ein paar Monate später wieder druff. Weißt du, was das bedeutet?«

Reinhild wusste nur zu gut, was das zu bedeuten hatte. Dennoch zuckte sie schwach mit den Schultern.

»Das bedeutet, dass es von Mal zu Mal aussichtsloser geworden ist, dir eine positive Prognose zu begründen. Verstehst du das?«

»Diesmal läuft das anders. Ich schwör's.«

»Ich kann das nicht befürworten. Beim besten Willen nicht. Wenn die in der Verwaltung deinen Namen nur hören …«

»Dann sag ihnen doch einfach einen anderen.«

»Reinhild, was soll das?«

»Ich versprech's. Diesmal halte ich durch. Beim Leben meiner Tochter.«

»Selbst wenn ich es befürworten würde. Ich kriege das nie im Leben durch.«

»Ich verspreche dir, diesmal halte ich durch. Und hinterher mache ich sofort eine Therapie und fange mit der Abendschule an.«

»Reinhild, du bist 52. Und guck doch mal in den Spiegel.«

»Was soll'n das heißen? Was kann ich denn dafür, dass mein Körper in den letzten Jahren zu wenig Vitamine abgekriegt hat. Soll ich das jetzt ausbaden oder was?«

»Nein, du sollst überhaupt nichts ausbaden, aber jedes Mal, wenn du herkommst, jammerst du mir vor, dass du Abitur machen willst und was nicht alles.«

»Ja und? Es hat doch immer geheißen, dass man sich Ziele setzen soll, damit das Leben einem nicht gleichgültig wird. Und jetzt? Andere fangen noch als Rentner mit einem Studium an. Senioren-Uni und was nicht alles.«

»Ja, aber ...«

»Nix ›ja aber‹. Wenn die das schaffen, warum soll ich das nicht auch hinkriegen?«

»Entschuldige mal, aber warum willst du denn auf Teufel komm raus Germanistik studieren?«

»Das habe ich schon immer gewollt. Wenn ich nicht den Scheiß mit den Drogen ...« Reinhild begann zu schluchzen. »... ich wollte schon immer Schriftstellerin werden. Das ist sozusagen meine Berufung.«

»Aber dafür brauchst du doch nicht Germanistik zu studieren.«

»Aber besser ist das.«

»Gibt es nicht etwas leichter Erreichbares, was du dir vornehmen könntest?«

»Germanistik studieren«, wiederholte Reinhild wie ein trotziges Kind.

»Wieso bist du denn so davon überzeugt, dass du das überhaupt hinkriegen kannst? Das kriegen ja viele andere nicht hin, die weitaus bessere Voraussetzungen haben wie du.«

»Als du.«

»Was?»

»Das heißt nicht ›wie du‹, das heißt ›als du‹.«

»Okay, also ›als du‹?«

»Weil ich es wirklich will. Und wenn man etwas wirklich will, dann kann man es auch erreichen. Das hat schon der olle Bob Marley gesungen, Gott hab ihn selig.«

»Jimmy Cliff.«

»Was?«

»Der Song *You can get it if you really want* ist von Jimmy Cliff und nicht von Bob Marley.«

»Echt?«

»Hör zu, Reinhild, es tut mir leid, aber ich fürchte …« Der Tonfall, mit dem Tina Diehl nun sprach, ließ keinen Zweifel daran, dass sie das Gespräch an diesem Punkt beenden wollte.

»Hast du Familie?«, griff Reinhild nach einem letzten rettenden Strohhalm.

Tina bekam diese Frage regelmäßig gestellt, wenn Klienten mit ihrem Latein am Ende waren.

»Ja, habe ich«, antwortete sie sachlich, »aber ich beabsichtige nicht, das hier zu thematisieren.«

Während sie das sagte, fuhr Reinhild mit ihrer rechten Hand gerade mal so weit in das silberfarbene Köfferchen auf ihrem Schoß hinein, dass sie im Blindflug ein Päckchen Hundert-Euro-Scheine ertasten konnte.

»Das sollst du doch auch gar nicht, Tina«, sagte Reinhild betont ruhig, während sie wie in Zeitlupe die von einer Banderole zusammengehaltenen 10.000 Euro über den Tisch schob: »Gönn dir doch einfach mal was Schönes mit den Deinen, hm?«

Tina blickte von dem Geld aus zu Reinhild und wieder zurück.

»Reicht das?«, fragte Reinhild.

25. BESTCAR

Bestcar war einer der Gebrauchtwagenhandel, die aneinandergereiht wie Perlen auf einer Schnur die Mainzer Landstraße säumten. Die Armada der angebotenen Autos stand in Reih und Glied auf dem breiten Gehsteig. Die Angebotstafeln hinter den Windschutzscheiben wiesen beschönigend jeweils den monatlichen Abtrag im Falle einer Finanzierung aus. Um den Endpreis irgendwo im Kleingedruckten herauszulesen, brauchte es eine gesunde Portion detektivischen Spürsinn.

Regina und Roman standen vor einem nachtblauen Jaguar XJ 12 Sovereign, der auf den ersten Blick mit 179,- Euro ausgezeichnet war.

»Na, das ist ein Wagen, was?«, trat Dirk Landau zu den beiden, »edler kann man sich heutzutage nicht in Szene setzen. Was meinen Sie?«

»Ich meine, was kostet das Fahrzeug denn, wenn man es nicht auf Abstottern kaufen will?«, fragte Roman.

»Ich bitte Sie«, entgegnete Landau, »Sie müssten ja voll behämmert sein, wenn Sie bei den derzeitigen Finanzierungskonditionen ein Auto bar bezahlen. Außerdem haben wir auch ausgezeichnete Leasing-Konditionen. Sind Sie vielleicht selbstständig?«

»Nein, sind wir nicht«, klärte Regina auf und hielt ihren Dienstausweis hin, »wir sind von der Polizei.«

Damit war die gute Laune des Autohändlers erst mal im Keller: »Aha, und was verschafft mir die Ehre?«

»Sind Sie Dirk Landau?«

»Das bin ich, richtig. Was kann ich für Sie tun?«

»Wir haben Sie in einem Fernsehbericht gesehen.«

»Aha. Und was war das für ein Bericht?«

»Da ging es um Waschbären.«

»Mit Ihnen als Vorsitzendem der Jagdvereinigung«, fügte Roman hinzu.«

»Ich war in jeder Menge von Berichten. Worum ging es denn da speziell?«

»Sie mögen keine Waschbären? Ist das richtig?«

»Von ›nicht mögen‹ kann keine Rede sein. Es geht ganz einfach darum, dass der unkontrollierten Population dieser Schädlinge Einhalt geboten werden muss. Dass endlich die Schonfrist abgeschafft wird. Denn Waschbären sind nun mal eine Plage, die sich völlig unkontrolliert über unser Land ausbreitet. Und das aus dem einzigen Grund, weil sie hier bei uns keine natürlichen Feinde haben. Hinzu kommt noch, dass diese Viecher überaus intelligent und geschickt sind. Vollkommen schwindelfrei und nachtsichtig kommen sie überall hin, wo sie hinwollen. Wenn sie an einem Haus hochwollen, krabbeln sie einfach an einem Regenrohr oder einer Hausecke hoch. Wie Freeclimber krallen sie sich durch sogenannten Druck über Eck an den beiden Wänden fest und gelangen ohne größere Schwierigkeiten bis unters Dach. Dort haben sie dann bevorzugt ihren Spaß daran, die Dämmung herunterzureißen, dass es hinterher aussieht wie in einer Tropfsteinhöhle. In Berlin haben sie ein Heizkraftwerk außer Gefecht gesetzt, indem sie die Hauptstromzufuhr angeknabbert haben. Sie erobern mehr und mehr unsere Städte. Es wird nicht mehr lange dauern, dann übernehmen sie unser Land. Diese Viecher stellen eine existenzielle Bedrohung unserer Zivilisation dar. Hier bei uns haben sie sich längst am Main niedergelassen. Vom Licht- und Luftbad Niederrad aus kommen sie über den Main in den Sommerhoffpark. Und von dort aus müssen sie nur noch über die Bahn, um das Gallus in Angriff zu nehmen. Wenn wir uns jetzt nicht wehren, kann es in ein paar Jahren zu spät sein.«

Roman nutze die kurze Pause des redegewandten Gebrauchtwagenhändlers, um einzuwerfen: »Und was meinen Sie, kann man dagegen unternehmen?«

»Das kann ich Ihnen sagen. Ich hab bei mir zu Hause vier Flinten im Schrank und hier im Büro auch eine. Und wenn nur eine von diesen Panzerknackerfressen hier auftaucht, dann gibt es kurzen Prozess. Durchladen und abknallen. Das werde ich dagegen unternehmen.«

»Könnte es sein«, übernahm Regina das Wort, »dass Ihnen letzte Nacht so eine Panzerknackerfresse untergekommen ist?«

»Was soll das heißen?«

»Das soll das heißen, was ich gesagt habe: Ob Sie letzte Nacht hier im Gallus eine Panzerknackerfresse gesehen haben?«

»Ich verstehe die Frage nicht.«

»Welchen Teil der Frage verstehen Sie denn nicht?«

Die Ruhe, mit der sie ihre Frage gestellt hatte und der kommentarlose Blick, den Roman auf ihn gerichtet hielt, schienen den Mann vermuten zu lassen, dass es nicht um Peanuts gehen konnte. »Sagen Sie mir, was Sie von mir wollen«, sagte er schließlich.

»Letzte Nacht wurde im Park der Frankenallee ein Mann erschossen«, sagte Roman.

»Ja und? Was habe ich damit zu tun?«

»Der Mann trug ein Wachbärkostüm.«

»Und jetzt glauben Sie …?«

»Was wir glauben, ist völlig unerheblich. Wir wollen zunächst einmal nur in Erfahrung bringen, um wen es sich bei dem Mann gehandelt hat, weil seine Identität ungeklärt ist.«

»Und natürlich, wer ihn auf dem Gewissen hat.«

»Glauben Sie etwa, dass ich ihn …«

»Haben Sie ihn umgebracht?«

»Natürlich nicht. Außerdem könnte ich das gar nicht getan haben.«

»Und warum nicht?«

»Weil ich letzte Nacht in Marburg war.«

»Ach ja, und wo da?«

»Bei einem Kommers meiner Verbindung, der Armi-nia.«

»Und hinterher?«

»Hinterher bin ich ins Bett gefallen. Wie tot. Kein Wunder bei dem Alkohol, den wir da abgepetzt haben.«

»Und das Bett? Wo war das?«

»Im Hotel *Welcome,* Sie können da ja nachfragen.«

»Danke, das werden wir tun. Aber sagen Sie, es gibt ja auch Menschen, die ihre Meinung zu den Waschbären nicht teilen?«

»Leider ja, und diese degenerierten Politclowns sind genauso eine Plage wie die elendigen Waschbären selbst. Überall hüpfen die mittlerweile rum in ihren Faschingskostümen. Widerlich.«

»Überall?«

»Richtig. Sogar hier im Gallus. Man möchte es nicht für möglich halten.«

»Hier im Gallus, wirklich?«

»Wenn ich's doch sage.«

»Haben Sie da einen Namen, eine Adresse?«, fragte Roman und zückte sein Notizheft.

26. NACH HAUSE

Er hatte nicht nur böse einen im Tee gehabt, als er in der Nacht heimkam, sondern sah mit seiner blutigen Fresse aus wie ein Vampir, der aus Versehen gegen eine Mauer geflogen ist.

Douglas Kepkali und die drei anderen hatten ihn schon gehört, als er noch laut grölend über den Hof der Industriebrache zu dem Flachbau kam, wo sie alle fünf wohnten.

»Wenigstens hat er nicht noch Alkohol mitgebracht«, hatte Douglas gesagt und die anderen hatten ihm beigepflichtet. Sie wussten, dass Jürgen nachts sehr böse werden konnte, wenn er getrunken hatte. Dann ging der Brocken mit gut 120 Kilo auf den Rippen regelmäßig los auf die vier schmächtigen Afrikaner.

Während er im vorderen Teil des Hauses eine einigermaßen komfortable Dreizimmerwohnung bewohnte, befand sich die Unterkunft seiner Schützlinge im hinteren Teil des Gebäudes. Das Zentrum war dort ein Raum mit zwei Stahlrohr-Etagenbetten, vier Metallspinden sowie einer Kommode mit einem Grundig-Röhrenfernseher darauf.

In einem angrenzenden Raum befand sich eine Küchenzeile mit zwei Elektroplatten und einer Toilette. In einer Ecke des Raums stand ein aufgerollter Ballen aus grünem Filz. Dieser wurde von Zeit zu Zeit ausgerollt und teilweise am oberen Ende einer freien Wand angebracht. Dann inszenierte Jürgen davor nacheinander jeden der Läufer in vorgegebenen Posen, um die Aufnahmen mithilfe eines Green-Box-Fotoprogramms mit Hintergrundmotiven anzureichern aus Zeitschriften oder eigenen Aufnahmen.

Während die vier Läufer sich über dieses Prozedere anfangs noch schibbelig lachen konnten, wurde ihnen von Mal zu Mal eher zum Heulen zumute. Denn inzwischen war ihnen klar geworden, dass diese künstlich nachbearbeiteten Aufnahmen nur dafür herhalten sollten, ihren Freunden und Verwandten vorzugaukeln, sie würden in der Fremde unentwegt das Glücksschwein vögeln. Dass das Leben, das die vier Läufer aber in Wahrheit führten, in keiner Weise dem Bild entsprach, das da vermittelt wurde, führte immer wieder zu schmerzlichen Zwischenfällen.

Hinzu kam, dass es zusehends schwerer wurde, bei lokalen Laufveranstaltungen Preisgelder oder Startprovisionen einzustreichen, was letztendlich darauf zurückzuführen war, dass ihre Leistungen längst ohne jeden »Kenia-Effekt« erbracht werden mussten. Damit war gemeint, dass kenianische Läufer nun mal davon profitieren, dass sie zu Hause bevorzugt in Höhen um die 3.000 Meter trainierten. Dieses permanente Höhentraining brachte es mit sich, dass sie mehr rote Blutkörperchen hatten als andere Läufer und entsprechend leistungsstärker waren.

Es gab Tage, da konnte Douglas Kepkali nicht mehr anders als hemmungslos zu weinen. Dann dachte er an seine Familie. An die Eltern, die sieben Geschwister, an die zwei Dutzend Onkel und Tanten und deren Kinder, die auf die Ngari Hills und Maralal verteilt lebten. An die Feste, die ständig gefeiert wurden, und am meisten an die Freude, die man trotz der widrigen Umstände hatte und an die Liebe, die alle miteinander verband.

Von all dem hatte er in seinem jetzigen Leben nichts mehr. Und als er einige Tage hintereinander lang nur sehr lustlos sein Training hinter sich gebracht hatte, setzte Jürgen sich eines Abends zu dem weinenden Douglas aufs Bett.

»Geht es dir hier nicht gut?«, fragte er den jungen Schwarzen, der nicht einmal sechzig Kilo auf die Waage brachte.

»Doch«, schluchzte Douglas entgegen, »alles gut.«

»Und warum weinst du dann?«, fragte Jürgen weiter.

»Weiß nicht.«

»Na ja, wenn du es nicht weißt, was soll ich da machen.«

»Weiß nicht.«

»Du musst mir schon sagen, was du willst. Du weißt doch, dass ich alles mache, damit es euch gut geht. Weißt du das nicht?«

»Doch.«

»Na, siehst du. Da gibt es doch keinen Grund, so traurig zu sein. Du bist doch keine Frau.«

»Nein.«

»Na also, was willst du denn dann? Möchtest du, dass wir mal schön essen gehen, vielleicht ins *Kilimanjaro*?«

Douglas brauchte kein Essen in dem exklusiven afrikanischen Restaurant. Er brauchte auch kein Fleisch, kein Fisch oder Salat. Ihm reichte ein einfacher Maisbrei, den er sich genauso in der Küche zubereitete wie seine drei Mitstreiter auch. Deshalb schüttelte er auf Jürgens Frage auch nur stumm den Kopf.

Erst als Jürgen daraufhin aufgestanden war, schluchzte er leise: »Douglas will nach Hause.«

Jürgen blieb augenblicklich stehen und wendete sich um: »Du willst was?«

»Nach Hause«, erklang es fast noch leiser.

»Nach Hause?«, fragte Jürgen zurück, wobei sein barscher Tonfall nicht zu überhören war.

Douglas seinerseits konnte nur stumm nicken.

»Dann gefällt es dir hier also nicht bei mir oder was?«

»Doch, alles in Ordnung.«

»Und warum willst du dann nach Hause?«

»So lange Mama und Papa nicht gesehen. Und Brüder und Schwestern, Douglas traurig.«

»Aha, verstehe, der Herr ist traurig und deshalb soll ich jetzt sein Rückflugticket aus meinem Safe holen, damit er sich mir-nichts-dir-nichts davonmachen kann und alles, was ich hier mühsam aufgebaut habe, auf einmal nichts mehr wert sein soll, ja?«

»Doch. Alles gut. Douglas nur nach Hause.«

»Also, dann mal Klartext: Du willst zurück nach Hause, ja?«

Douglas fühlte sich in dem Moment wirklich nicht wohl, aber er nickte.

»Soll das heißen, dass ich dir eine Aufstellung machen soll, was du an Geld mitnehmen kannst?«

Wieder antwortete Douglas mit einem zögerlichen Nicken.

»Alles klar. Ich habe verstanden.«

27. WASCHBÄRKOSTÜM

»Mein Waschbärkostüm?«, fragte Boris Neuweger, »was wollen Sie denn damit?«

Regina und Roman saßen bei dem Mann in einer ausgebauten Fabriketage. Die Backsteinwände waren mit weißer Farbe getüncht und mit stilvollen Bildern ausgestattet. Die durchweg hochwertige Einrichtung wurde aufgelockert von schmutziger Wäsche, Essensresten sowie einem Rennrad. Als Fernseher war ein mächtiger Beamer installiert.

»Wir haben einen Bericht der *Hessenschau* gesehen«, begann Roman, den Sachverhalt vorzutragen, »in dem ein Herr Landau als Vertreter der Jagdvereinigung aufgetreten war. Ist der Ihnen bekannt, der Herr Landau?«

»Der Landau, der ist ein Schlächter ist der.«

»Was meinen Sie damit?«

»Der hat nichts anderes im Kopf als unschuldige Tiere umzubringen. So etwas müsste verboten werden.«

»Er hat uns an Sie verwiesen. Er hat gesagt, dass Sie sich für die Waschbären einsetzen.«

»Das ist richtig. Ich setze mich ein für den Tierschutz in unserem Land. Jedes Tier hat ein Recht darauf zu leben, genauso wie wir Menschen auch. Die Abschaffung der Schonzeit für Waschbären kommt der Verletzung eines Grundrechts bei uns Menschen gleich.«

»In dem Bericht trugen Sie ein Waschbärkostüm?«

»Das ist richtig, ja.«

»Würde es Ihnen etwas ausmachen, uns selbiges Kostüm mal zu zeigen?«

»Wofür soll das denn gut sein?«

»Das wäre nicht einfach so. Das wäre im Zusammenhang mit einem Mordfall.«

»Einem Mordfall? Was denn für ein Mordfall?«

»Heute Morgen wurde ein Mann erschossen im Park der Frankenallee aufgefunden.«

»Und der war mit einem Waschbärkostüm bekleidet«, ergänzte Regina.

»Oh Gott.«

Boris Neuweger schoss ein Schrecken durch den Leib. »Das ist nicht da.«

»Sie meinen, Ihr Waschbärkostüm ist nicht da?«

»Richtig. Ich habe es verliehen.«

»Und an wen?«

Boris Neuweger musste erst eine gewisse Unsicherheit überwinden, bevor er weiterreden konnte: »An meinen Bruder.«

»Aus einem bestimmten Grund?«

»Er war gestern Abend hier. Das war sehr komisch.«

»Ach ja, was war denn da so komisch?«

»Als er ankam, hatte er nichts an.«

»Soll das heißen, er war nackt?«

Neuweger nickte stumm.

»Kam das öfters vor, dass Ihr Bruder nackt unterwegs war?«

»Nein, natürlich nicht. Er hatte gesagt, er sei überfallen worden. Man hätte ihm alles abgenommen. Alles.«

»Hatte er was gesagt, von wem? Wer ihn überfallen hat?«

»Nur, dass es drei Männer waren. Türken, hatte er gesagt. Also Mitbürger mit türkischem Migrationshintergrund, wie man so sagt.«

»Schon klar. Und was hat er noch gesagt?«

»Er war offenbar schlimm misshandelt worden. Er konnte nicht darüber reden.«

»Warum war er denn überhaupt hergekommen?«

»Wegen der Einladung. Er war am Nachmittag schon mal hier gewesen. Da hat er eine Einladung liegen gelassen, die ihm wohl sehr wichtig war. Deshalb ist er am Abend extra noch mal hergekommen.«

»Wie lange war er geblieben?«

»Ungefähr eine halbe Stunde. Ich habe nicht auf die Uhr geschaut.«

»Aber Sie haben ihm Ihr Wachbärkostüm gegeben?«

»Ja klar, ich konnte ihn doch nicht so nackt, wie er war, wieder raus auf die Straße schicken.«

»Schon klar«, sagte Roman.

Und Regina fuhr fort: »Herr Neuweger, so wie es aussieht, weist vieles darauf hin, dass es sich bei dem Mann, der da erschossen aufgefunden wurde, um Ihren Bruder handelt.«

28. UND JETZT

Als Reinhild aus dem Haus der Drogenhilfe herauskam, waren 38,60 Euro auf der Uhr.

»Das ist nicht viel«, begrüßte sie der Taxler, »dafür, dass ich fast eine dreiviertel Stunde warten musste. Wenn ich in der Zeit eine andere Fuhre gehabt hätte, hätte ich vorneweg doppelt so viel verdient.«

»Wenn Sie nicht auf mich gewartet hätten, wären Sie zum nächsten Halteplatz geschlichen und hätten dort genauso lange gewartet.«

Der Mann wusste, dass sie recht hatte, was ihm allerdings nicht besonders schmecken wollte. »Wohin jetzt?«, fragte er mit nicht zu überhörender Schärfe in seiner Stimme, »nach Gießen?«

»Ganz richtig. Wir fahren jetzt nach Gießen.«

»Und wohin da?«

»In die Vitos-Klinik.«

»Da reicht der halbe Hunni aber nicht.«

»Kein Problem. Sie brauchen keine Angst zu haben wegen Ihres Geldes.«

Noch während der Taxler den durchgerissenen Hundert-Euro-Schein in die Luft hielt, hatte Reinhild ihm schon die andere Hälfte gereicht und sich erneut an ihrem Metallic-Koffer zu schaffen gemacht, um zwei weitere Hundert-Euro-Scheine hervorzuholen.

»Hier«, zeigte sie dem Fahrer die Scheine, um ihn zum Losfahren zu bewegen.

»Na gut«, entfuhr es dem Kutscher mehr oder weniger missmutig, obwohl es dafür ja wahrlich keinen Grund gab. War so eine Fuhre nach Gießen doch eine genaue Angelegenheit.

Auf der A 661 Richtung Bad Homburger Kreuz fragte Reinhild, ob er kurz einen Halt an einer Raststätte einlegen könne, weil sie sich gerne was zu essen holen würde.

Nachdem das Taxi gestoppt und Reinhild in die Tankstelle verschwunden war, wählte der Taxler eine Nummer auf seinem Handy. Am anderen Ende meldete sich seine Frau.

»Hör zu, Liebling«, sprach er sie an und erklärte, dass er nur noch eine Crack-Nutte zur Entgiftung nach Gießen in die Vitos-Klinik fahren müsse, danach aber umgehend heimkomme, damit man noch gepflegt wegen einer neuen Couchgarnitur Möbelhäuser abklappern könne.

Als Reinhild wieder auf der Rückbank Platz genommen hatte und sich über das Brötchen hermachen wollte, das sie sich zusammen mit einer Cola geholt hatte, raunzte der Fahrer sie an.

»Keine Krümel«, herrschte er nach hinten, »sonst wird nämlich eine Spezialreinigung fällig. Ich mache den

Dreck nämlich nicht weg. Das Auto muss dann in eine Werkstatt gebracht werden. So eine Spezialbehandlung kostet vorneweg 120 Euro, wozu dann noch mein Verdienstausfall kommt. Also: keine Krümel.«

Reinhild beließ das Brötchen in der Tüte und biss immer nur ein Eckchen ab, das aus der Öffnung herauslugte.

»Und wenn es Flecken auf den Sitzen gibt«, wollte der Fahrer sich nicht einkriegen, »muss der Wagen in die Uniklink, um desinfiziert zu werden. Dann ist er für zwölf Stunden außer Gefecht, also eine ganz Schicht. Das kann dann schon mal schnell an die achthundert Euro kosten. Haben wir uns da verstanden?«

Nachdem die Droschke das Gießener Südkreuz passiert und die Autobahn im Bereich der Licher Straße verlassen hatte, wollte der Kutscher die exakte Postadresse erfahren, wohin er fahren solle. Dabei tastete er mit seiner rechten Hand unter die Lenksäule, wo er eine mit Klebeband befestigte Schreckschusspistole deponiert hatte.

»Wissen Sie nicht, wo die ist, diese Klinik?«, sagte er.

»Wie wär's mit 'nem Blick ins Internet. Sie haben doch Internet in Ihrem Smartphone oder etwa nicht.«

»Jetzt reicht's aber«, wendete der Mann sich um zu Reinhild, um im nächsten Moment von der Fahrbahn in einen Waldweg abzubiegen. »Was glaubst du, wer du bist, dass du so mit mir reden kannst«, fuhr er aus der Haut und griff nach dem kleinen Metallkoffer.

»Eh, was soll denn das bedeuten?«, rief sie dagegen und zerrte ihrerseits an dem Koffer.

»Was das bedeuten soll?«, rief der Kutscher zurück, »das kann ich dir sagen, was das soll. Du verdammte

Crack-Nutte nimmst deine Finger von dem Koffer und siehst zu, dass du Land gewinnst. Das soll das bedeuten.«

In dem Moment war Reinhild klar, dass der Mann gesehen haben musste, was sich in dem Koffer befand. »Hören Sie auf damit. Das ist nicht Ihr Koffer. Das ist meiner.«

»Mach mal die Augen zu, du Drecksnutte. Was du dann siehst, das ist dir, verstanden?«, schrie er Reinhild an und um seinen Worten Nachdruck zu verleihen, zog er seine Schreckschusspistole unter der Lenksäule hervor.

»Finger weg von dem Koffer und raus!«, schrie er nochmals, um im nächsten Moment allerdings in den Lauf der Pistole zu gucken, die Reinhild aus ihrer Jacke hervorgezogen hat.

»Sonst was?«, fragte sie.

Konnte es möglich sein, dass die Pistole, die die Frau in ihrer Hand hielt, echt war? Dem Taxifahrer wurde klar, dass er handeln musste. Nur, was sollte er tun. Schließlich sagte er: »Eh, was soll das?«

»Wonach sieht's denn aus?«, entgegnete Reinhild.

»Pass auf, das war ein Scherz. Das ist eine Schreckschusspistole. Alles klar? Ein Scherz, sonst nix.«

»Ein Scherz?«

»Ja klar.«

»Es lacht aber niemand. Oder hörst du jemanden lachen?«

Der Taxifahrer hörte auch niemanden lachen. Und ob er den nachfolgenden Schuss, der sodann von Reinhilds Pistole abgefeuert wurde, noch gehört hat, weiß man nicht.

29. TICK TACK

Während der Fahrt zur Rechtsmedizin saß Boris Neuweger stumm auf der Rückbank hinter Regina und Roman. Man hätte meinen mögen, dass er da schon keinen Zweifel mehr hatte, dass es sich bei dem Toten um seinen Bruder handelte. Entsprechend einsilbig fand sodann auch die Identifizierung des Leichnams statt.

»Ja, das ist mein Bruder Christian«, hatte Boris Neuweger zur Erklärung gegeben. Als man dann das Institut schon wieder verlassen wollte, meinte er aber, ob man der Leiche Fingerabdrücke abgenommen habe.

Auf die Gegenfrage, warum er das wissen wolle, verwies er darauf, dass man angekündigt habe, die Wohnung des Toten in Augenschein nehmen zu wollen.

»Ja und?«, fragte Roman unbedarft.

»Um da reinzukommen brauchen wir den Daumenabdruck meines Bruders. Ansonsten müssten wir den Daumen abtrennen, um den Eintritt über die Schließanlage bewerkstelligen zu können.«

Und tatsächlich war der Zutritt zu Christian Neuwegers Wohnung mit dem Auflegen des Daumenabdrucks kein Problem. Die Wohnung befand sich im neu erstellten Europa-Viertel, wo retortenmäßig ein Haus wie das andere errichtet worden war. Alles quadratisch, praktisch, gut – und vor allem höchsten Ansprüchen genügend, insbesondere was die Anschaffungspreise der Eigentumswohnungen anging.

Es war offensichtlich, dass Christian Neuweger zu den Spitzenverdienern in der Mainmetropole zählte. Auf die Frage, womit er sein Geld verdient habe, konnte Boris Neuweger nur unzufriedenstellend erklären, dass er das nie so genau verstanden habe, aber es müsse irgendwas mit Immobilien zu tun gehabt haben.

Außer Regina, Roman und Boris Neuweger waren noch vier Spurensicherer mit in die Wohnung gekommen. Deren Arbeit schien sich sehr übersichtlich zu gestalten. Denn die Wohnung hatte den liebreizenden Charme eines Ausstellungsraums für antiseptische Sanatoriumseinrichtungen. Kein schmutziger Socken, der irgendwo herumlag, kein Stück gebrauchtes Geschirr und, wie es schien, nicht mal ein Stäubchen stand oder lag verräterisch herum.

Boris Neuweger setzte sich an einen beeindruckenden Glastisch, der für zehn Leute ausgelegt war. Stumm verfolgte er die Polizisten, die ihrer Arbeit nachgingen.

Als Roman in einer Vitrine eine geöffnete Uhrenschachtel entdeckte, wandte er sich an Boris Neuweger. »Ihr Bruder hatte einige sehr hochwertige Uhren?«

»Ja, das war sein Hobby. Hobby und Wertanlage, wie er immer gesagt hat.«

»Da ist eine Schachtel, die ist leer. Außer einem Zertifikat, ausgestellt auf eine *A. Lange und Söhne 1815 Rattrapante Ewiger Kalender*. Sagt Ihnen das was?«

»Er stand auf solche Sachen.«

»Und eine Quittung, derzufolge das Teil 159.280 Euro gekostet haben soll.«

»Wenn es da steht.«

»Können Sie sich erinnern, ob er die Uhr anhatte, als er gestern Abend bei Ihnen war?«

»Nein, kann ich nicht.«

In die stumme Arbeit hinein klingelte plötzlich Reginas Handy. Sie nahm das Gespräch entgegen, ging aber zum Telefonieren hinaus auf die Terrasse, die zu der Wohnung gehörte.

Unbeobachtet von Regina und den Spurensicherern entdeckte Roman auf einem Sideboard einen Autoschlüssel, den er kurzerhand an sich nahm. Ebenfalls steckte er sich das zu der Uhr gehörende Zertifikat und die Quittung ein.

Als Regina ihr Telefonat beendet hatte, rief sie Roman zu: »Kommst du mal.«

Unter vier Augen eröffnete sie ihm, dass etwas mit ihrer Mutter sei und sie unverzüglich nach Gießen fahren müsse. Natürlich hatte Roman Verständnis dafür, obwohl dadurch unklar wurde, wie er selbst zurück nach Gießen kommen sollte.

»Ich komme sofort danach zurück«, sagte sie, »damit du nicht mit dem Zug fahren musst.«

»Mach dir kein' Kopp. Zur Not lasse ich mich von der Frankfurter Bereitschaft heimfahren.«

»Danke. Du hast einen gut bei mir.«

30. KUWASHA

Er hatte Kaffee gekocht und extra eine frische Tischdecke aufgelegt. Zwar nicht gebügelt, aber immerhin so weit glattgezogen, dass es einigermaßen ordentlich aussah. Für gewöhnlich hatten die vier Afrikaner in seiner Wohnung nichts verloren. Schließlich hatten sie ihr Reich im hinteren Teil des Flachbaus, wo sie tun und lassen konnten, was sie wollten.

»Ich bin sehr traurig, dass du mich verlassen willst. Weißt du das?«

»Douglas auch traurig.«

»Möchtest du es dir nicht doch noch mal überlegen?«

»Familie viel warten.«

»Die warten auf dich, gelle?«

Douglas antwortete mit einem Nicken.

»Willst du Milch in deinen Kaffee?«

»Douglas nix Milch, danke.«

»Na gut, dann wollen wir mal.«

Jürgen ging hinüber in den Raum, den er Büro nannte, bei dem es sich aber eher um einen messitauglichen Abstellraum handelte. Es dauerte einen Moment, in dem

Douglas die Tasse Kaffee zum Mund führte, sie dann aber doch wieder abstellte, um auf Jürgen zu warten. Als der zurückkam, hatte er einen Klemmhefter sowie einem Kugelschreiber dabei.

»Also definitiv: Willst du nicht doch lieber hierbleiben?«

Douglas musste nicht einen Moment überlegen, um verneinend den Kopf zu schütteln.

»Na gut. Aber nicht, dass es dann irgendwelche Klagen gibt.«

Dann klappte er seine Unterlagen auf mit einer handschriftlichen Aufstellung von Zahlen zuoberst.

»Ich habe hier mal alles aufgeschrieben, was wir insgesamt eingenommen und ausgegeben haben. Gewissermaßen eine Kosten-Nutzungsrechnung – wie man bei uns so sagt.« Er fuhr mit dem Kugelschreiber jeweils über die einzelnen Posten. »Hier das, was wir an Startgeldern und Siegprämien eingenommen haben. Dann die Ausgaben für Reisen. Von Kenia nach Deutschland, Fahrtkosten zu Laufveranstaltungen, Übernachtungskosten, Spesen, Unterkunft hier bei mir, Verpflegung, Laufbekleidung, Schuhen, Rückflug nach Kenia und dann noch kleinere Ausgaben. Das wären dann summa summarum …« Er deutete auf den Endbetrag unterm Strich, der mit minus 2.300.- Euro ausgewiesen wurde.

»Was ist das?«, fragte Douglas ebenso verständnislos wie empört.

»In letzter Zeit lief es nun mal nicht besonders gut bei dir. Deshalb hatte ich ja auch gemeint, ob du nicht doch lieber hierbleiben willst. Es stehen ja noch ein paar Rennen an in den kommenden Wochen. Da könntest du ja noch mal richtig reinhauen, damit wir wenigstens eine schwarze Zahl sehen.«

»Douglas nix Geld?«

»Ja, was soll ich da sagen? Du hattest jede Menge Möglichkeiten, was an die Seite zu schaffen. Ich habe schließlich alles gemacht, dass du zu Geld kommen konntest. Du hättest nur einfach ein bisschen schneller laufen und öfters gewinnen müssen. Aber das habe ich dir immer gesagt.«

»Wenn Douglas ohne Geld heimkommen, alle traurig in Dorf, traurig und böse.«

»Was soll ich dazu sagen? Das tut mir natürlich leid. Aber was soll ich machen?«

»Familie haben schon viele gekauft, brauchen Geld für Bezahlen.«

»Du meinst, die haben schon mächtig auf Pump zugeschlagen?«

»Nix zugeschlagen, zugekaufen.«

»Na ja, egal. Es ist nie gut, wenn man schon etwas kauft, wo man das Geld noch nicht für hat. Verstehst du das? Ich muss schließlich auch immer gucken, dass das Preis-Leistungs-Verhältnis stimmt.«

»Nix Preis-Leistungs-Verhältnis. Douglas brauchen Geld, sonst nix kann kommen nach Hause.«

»Ja, damit sieht es leider nicht gut aus, mein Lieber. Vielleicht solltest du es dir wirklich noch mal überlegen, dass du nicht wenigstens noch die nächsten drei Rennen mitmachst und da noch mal alles geben, du verstehen?«

»Douglas nix alles geben. Douglas Jürgen kuwasha.«

»Kuwasha? Was soll das denn sein?« Jürgen hatte keine Ahnung, was kuwasha heißen könnte. Allerdings ließen Douglas' hasserfüllt glühende Augen keinen Zweifel daran, dass es sich um nichts Gutes handeln musste.

Und weil Jürgen nicht wusste, was das Wort zu bedeuten hatte, war ihm auch nicht bewusst, was es damit auf sich haben konnte, dass Douglas mit einem beherzten Griff den Schlüssel für seinen Range Rover vom Tisch nahm und zur Tür hinauseilte.

»Eh, was machst du?«, rief er hinterher, was die anderen drei Läufer auf den Plan rief, die gespannt hinter der Tür mitverfolgt hatten, was sich wohl in Jürgens Küche zutrug.

Was hatte Douglas nur vor? Wollte er vielleicht mit dem Rover abhauen? Er konnte doch gar nicht Auto fahren. Jedenfalls hatte er das bisher noch nie getan.

Weil die anderen drei sich ebenfalls keinen Reim darauf machen konnten, was sich hier vor ihren Augen abspielte, warf Jürgen den kurz zuvor erstmals vernommenen Begriff in den Raum: Kuwasha?

Kaum dass er das Wort ausgesprochen hatte, wanderte schlagartig ein Schrecken in die Gesichter der drei Läufer, der befürchten ließ, dass ihnen das Blut in den Adern gefroren sein könnte. Denn sie wussten nur zu genau, was damit gemeint war. Nämlich eine Methode, mit der man sich bevorzugt in Nairobi verdammungswürdiger Widersacher entledigt, indem man sie kurzerhand mit Benzin übergießt und anzündet.

Als kurz darauf Douglas mit dem Ersatzkanister aus Jürgens Auto zurückkehrte, stand seinen drei Mitstreitern der nackte Schrecken im Gesicht.

»Nein«, wurde gerufen, »mach das nicht, Douglas, wir sind hier nicht in Nairobi.«

31. BRAUT IN SCHWARZ

Als Regina ankam, stand die Leiterin der Senioren-Residenz bereits an der Eingangstür.

»Gut, dass Sie gleich kommen konnten, Frau Maritz. Wir wissen wirklich nicht, was wir machen sollen.«

»Was ist denn passiert?«, wollte Regina wissen.

»Es hat schon letzte Nacht angefangen. Da hat sie sich auf den Flur gestellt und unanständige Lieder gesungen. Ausgesprochen schlüpfrige Seemannskost, so will ich mal sagen.«

»Und dann?«

»Wir haben sie dann ruhiggestellt. Dann ging es den Rest der Nacht über auch ganz gut. Bis sie dann vor anderthalb Stunden angefangen hat, uns alle übelst zu beschimpfen. Wir mussten ihr dann wieder ein Beruhigungsmittel spritzen und sie ins Bett bringen.«

Als Regina ans Bett ihrer Mutter trat, hatte die einen überaus verklärten Blick. »Endlich bist du da«, sagte sie.

»Was ist denn los, Mutti? Was hast du denn gemacht?«

»Nichts. Ich habe gar nichts gemacht.«

»Aber irgendetwas ist doch passiert.«

Mit großen Augen Regina anblickend, nickte die alte Frau. »Er ist tot.«

Fast hätte Regina gefragt, wer denn tot sei. Aber dann wurde ihr klar, dass es nur um einen gehen konnte. »Albert?«, fragte sie.

»Ja, mein Kind.«

»Woher weißt du das?«

»Sie haben mich angerufen.«

»Wer hat dich angerufen?«

»Seine Familie.«

»Das tut mir so leid für dich, Mutti.«

Regina beugte sich vor zu ihrer Mutter und nahm sie in den Arm.

»Sie haben ihn umgebracht«, flüsterte die Mutter.

»Wie kommst du denn darauf?«

»Ich spüre das.«

»Aber warum denn?«

»Sie haben nicht gewollt, dass wir heiraten. Sie hatten Angst, dass ihnen etwas von ihrem Erbe flöten gehen könnte.«

»Aber deshalb bringt man doch niemanden um.«

»Die schon. Die wollten schon nicht, dass wir uns überhaupt treffen. Er hat es mir gesagt gehabt.«

»Das sind aber sehr schlimme Verdächtigungen, die du da aussprichst.«

»Keine Verdächtigung. Sie haben das gemacht. Ich weiß es ganz genau.«

»Ruh dich erst mal richtig aus, Mutti. Das hat dich alles ziemlich mitgenommen. Ist das so?«

»Ich will mich nicht ausruhen. Ich will, dass seine Familie ins Gefängnis wandert. Das will ich.«

»Wie stellst du dir das denn vor, Mutti.«

»Du musst sie verhaften.«

»Mutti?«

»Wozu bist du denn Polizistin. Du klärst doch so viel Morde auf. Da kommt es doch auf einen mehr oder weniger nicht an. Bitte.«

32. KRANKER HUND

Wilfried Deibels Uhren- und Schmuckgeschäft war früher im Bahnhofsviertel die erste Adresse für Zuhälter gewesen, die standesgemäß mit einer Rolex am Handgelenk durchs Gebiet flaniert waren. Aber diese Zeiten waren lange vorbei. Die Albaner und Rumänen, die mittlerweile das Sagen im Pimper-Geschäft hatten, kannten Rolex gerade mal noch als Blender. Daneben war dieses Geschäft aber auch die erste Adresse in Frankfurt, um hochwertige Diebesbeute an den Mann zu bringen.

Als Roman den Laden betrat, stand Wilfried Deibel in einem abgewetzten, grauen Kittel hinter der Theke. »Ich glaub's ja nicht«, sagte er, als er Roman erkannte, »wo hast du gesteckt die ganze Zeit?«

»Sag bloß, du hast mich vermisst.«

»Willst du eine ehrliche Antwort?«

»Hopp.«

»Ja, ich habe dich vermisst. Und zwar wie ein Magengeschwür.«

Müdes Lachen beiderseits.

»Spaß beiseite, Bulle. Was führt dich zu mir?«

»Mal einfach so. Mal fragen, wie es so läuft.«

»Du lügst immer noch so schlecht wie früher, als du noch als Streifenhörnchen hier durchs Viertel gewandert bist.«

»Ich seh schon, dir kann man so schnell nichts vormachen.«

»Geht so.«

»Also …« Roman zog langsam das Zertifikat zu der Lange-Uhr aus seiner Jacke, das er bei Christian Neuweger mitgenommen hatte. »Weißt du, was das ist?«

Deibel vermied tunlichst, interessiert zu wirken.

»Sag du es mir.«

»Das ist etwas, das zu einer Uhr gehört. Zu einer Lange.«

»A. Lange. Gute Firma. Im Osten.«

»Ja, in Glashütte. Weißt du, zu was für einer Uhr das gehören könnte?«

»Ehrlich gesagt nicht, nein.«

»Zu einer *A. Lange und Söhne 1815 Rattrapante Ewiger Kalender*, las Roman ab. Sagt dir das was?«

»Diese Uhr ist was Genaues. Ein Spitzenmodell sowohl von der Präzision her als auch vom Design. Ein Ferrari unter den Armbanduhren.«

»Könnte man sagen. Verkaufspreis?«

Deibel zuckte mit den Schultern.

»Weißt du wirklich nicht, was so ein Teil kostet?«, fragte Roman nach.

»Teuer?«

Roman legte die Quittung dazu: »159.280 Euro.«

»Stolzer Preis, echt.«

»Ist dir so ein Teil schon mal untergekommen?«

»Wüsste nicht, wann.«

»Vielleicht heute Morgen? Oder gegen Mittag?«

»Schön wär's.«

Roman überlegte in Ruhe, wie er weiter vorgehen sollte. Dann sagte er: »Weißt du Wilfried, manchmal gibt es Fälle, wo ich einfach nicht weiterkomme.«

»Kann ich mir gar nicht vorstellen bei dir.«

»Danke, aber weißt du, was ich dann mache?«

»Hm?«

»Dann greife ich zu meiner Geheimwaffe.«

»Das hört sich interessant an. Erzähl mir mehr darüber.«

»So interessant ist das gar nicht.«

»Du machst es jetzt aber spannend.«

»Ich kenne da jemanden von der Steuerfahndung.« Er zog sein Handy hervor: »Da reicht ein Anruf, dann steht der hier auf der Matte.«

»Was hat denn die Steuerfahndung mit polizeilichen Ermittlungen zu tun?«

»Natürlich nichts. Aber ...«

»Aber?«

»Die Leute, die da arbeiten, die sind – unter uns gesagt – das sind keine Menschen sind das. Vollkommen herzlos haben sie richtiggehend ihren Spaß daran, von niemandem gemocht zu werden. Verstehst du? Und das Schlimmste aber an ihnen ist, dass wenn sie einen Betrieb auf dem Kieker haben, dass sie ihn dann schlichtweg kaputt prüfen können. Wenn die was finden wollen, da kannst du sicher sein, dann finden sie auch was.«

Deibels ganze Anstrengung war darauf gerichtet, sich nur ja keine innere Regung anmerken zu lassen. Schließlich sagte er: »Willst du mir Angst machen?«

»Gäbe es denn etwas, weshalb ich dir Angst machen könnte?«

Wilfried blieb stumm.

»Außerdem: Würdest du mir so eine Hinterfotzigkeit zutrauen?«

Wilfried versagte sich erneut eine Antwort.

»Schau, wir haben es hier mit einem Mordfall zu tun. Und ich kann mir nicht vorstellen, dass du damit was an den Hut kriegen willst.«

»Sondern?«

»Ich möchte schlicht und einfach nur wissen, ob sie dir angeboten wurde, die Uhr, und von wem. Sonst nichts.«

Deibel deutete auf das Zertifikat und die Quittung. »Was ist damit?«

»Was soll damit sein?«

»Eine Hand wäscht die andere. Angenommen, ich könnte dir weiterhelfen. Wachsen die Sachen dann rüber zu mir?«

»Von mir aus gerne, Wilfried. Aber sie gehören mir nicht. Diese Sachen wurden als Beweismittel in der Wohnung des Mordopfers sichergestellt und gehören bis auf Weiteres dem Polizeipräsidium Frankfurt am Main. Wenn sich das ändern sollte, könnte ich mich selbstverständlich dafür einsetzen, dass sie dir zugehen könnten. Also …?«

»Okay«, sagte Deibel, »heute Morgen war jemand hier.«

»Na, geht doch. Wer war hier?«

»Keine Ahnung. Eine Frau.«

»Was für eine Frau? Wie sah die aus. Oh Mann, lass dir jetzt bloß nicht jedes Wort aus der Nase ziehen.«

»Wie soll ich sagen. Wie ein kranker Hund sah die aus, nur ohne Zähne und rundherum fertig.«

»Und die hat dir die Uhr angeboten?«

»Sie hatte gesagt, sie hätte da was, das mich vielleicht interessieren könnte. Und dann hat sie mir die Tick-Tack hingelegt.«

»Und du? Was hast du gemacht?«

»Ich habe sie mir angeguckt.«

»Willst du mich verarschen. Wenn du nicht augenblicklich am Stück erzählst, was da abgegangen ist …« Roman brachte sein Handy in Habtachtstellung.

»Ich habe sie gefragt, was sie dafür haben wollte. Da hat sie gesagt, 10.000. Ich habe dann gesagt, das könne sie sich abschminken, das Teil wäre noch nicht mal die Hälfte wert. Mir war klar, dass das Teil aus irgend 'nem Bruch stammen musste. Da habe ich dann Dreiacht ausgerufen.«

»3.800 Euro.«

»Na ja, es war ja weder ein Zertifikat dabei noch eine Kaufquittung.«

»Das heißt, wenn das dabei gewesen wäre, hättest du auch einen weitaus angemesseneren Preis abgedrückt?«

»Na selbstverständlich.«

Roman konnte sich ein hörbares Schlucken nicht verkneifen.

»War sonst noch was?«

»Vielleicht das noch: Als sie aus dem Laden rausging, habe ich ihr kurz hinterhergeguckt. Da habe ich gesehen, dass da drei Typen waren, die auf sie gewartet hatten.«

»Und?«

»Sie ist zu denen hingegangen, und dann wurden da Scheine hin und her gereicht. Gerade so, als hätten sie sich eine Beute geteilt.«

»Das war alles?«

»Nicht ganz. Die Braut war dann später noch mal hier.«

»Warum?«

»Ganz komisch. Sie wollte fünfzig Euro in Münzen gewechselt kriegen.«

»Ja, schon komisch. Hat sie gesagt, wofür?«

»Nein, hat sie nicht.«

»Wofür braucht man denn so viel Kleingeld?«

»Vielleicht für 'n Pariser-Automat? Ich weiß es nicht.«

Roman wartete einen Moment, bevor er sagte: »Wo ist die Uhr?«

Deibel antwortete: »Das ist im Augenblick …«

»Her damit. Her mit der Uhr.«

Missmutig zog Deibel die Lange-Uhr aus seiner Kitteltasche. Er behielt sie in der Hand, als wollte er sie Roman nur zeigen.

Aber der hatte sie im nächsten Moment an sich genommen. »Konfisziert«, sagte er.

»Und mein Geld? Die Drei-acht, die ich hingeblättert hab?«

»Würde sagen, hol sie dir von dem Trio zurück, das du über den Tisch gezogen hast. Und sag mir Bescheid, wenn du sie hast. Ich würde sie mir nämlich auch gerne mal vorknöpfen.«

33. TANZ IN DEN MAI

Die Adresse, die Regina in Erfahrung gebracht hatte, war ein gepflegtes Einfamilienhaus in Hungen mit ansehnlicher Rasenfläche vor dem Eingang. Auf ihr Klingeln hin öffnete eine Frau Mitte vierzig in flotter Jeans und einem grünen oversized T-Shirt.

Regina sagte: »Guten Tag, mein Name ist Regina Maritz. Ich bin die Tochter von Gerda Maritz.«

»Guten Tag.«

»Ich bin hier, um mich mit Ihnen über Ihren Vater zu unterhalten, Albert Mohr.«

»Worum geht es denn?«

»Um ihn. Um ihn und meine Mutter. Dürfte ich vielleicht einen Moment reinkommen.«

»Natürlich. Kommen Sie.«

Im Innern des Hauses wurde Regina zu einem Esstisch geführt. »Kann ich Ihnen was zu trinken anbieten«, fragte die Frau.

Regina lehnte dankend ab.

»Wie kann ich Ihnen weiterhelfen?«

»Ist Ihr Mann auch zu Hause?«

»Noch nicht. Er müsste in einer Stunde von der Arbeit zurück sein. Worum geht es denn überhaupt?«

»Sie wissen doch, wer meine Mutter ist.«

»Ehrlich gesagt nicht, nein. Aber vielleicht kann mein Vater Ihnen ja weiterhelfen. Um ihn geht es ja wohl auch.«

Sie deutete aus dem ebenerdigen Wohnzimmer hinaus zu einer Terrasse, wo ein älterer Mann von hinten zu sehen war, der in eine Wolldecke gehüllt auf einer Liege ruhte.

»Kommen Sie«, forderte die Frau Regina auf.

Die beiden Frauen gingen hinaus zu dem Mann.

»Papa, hier ist eine Frau …«

»Maritz«, ergänzte Regina, »Regina Maritz.«

»… sie möchte sich gerne mit dir unterhalten.«

»Maritz«, holte der ältere Mann den Namen aus überdauerten Erinnerungen hervor, »ich kannte mal einen Maritz. Friedrich? Kann das sein?«

»Mein Vater, ja«, antwortete Regina.

»Wir waren damals Kollegen bei Heyligenstedt. Als Werkzeugschlosser. Ich erinnere mich. Ach Gott, ist das lange her. Wie geht es ihm denn, dem Friedrich?«

»Er ist schon lange tot. Mittlerweile seit zwölf Jahren.«

»Jesses, wie die Zeit vergeht. Und Ihre Mutter? Lebt Ihre Mutter noch?«

»Ja, sie lebt noch.«

»Dann bestellen Sie ihr doch bitte einen schönen Gruß. An sie erinnere ich mich noch sehr gut. Wir hatten mal einen wunderschönen Abend. Oder besser gesagt, eine ganze Nacht. Tanz in den Mai war das. Im Nizza in Gießen. Ich weiß jetzt gar nicht mehr, wann das war. Aber wir haben mächtig miteinander geschwoft – wie man damals so gesagt hat.«

Genüsslich in seine Erinnerung eintauchend, schloss Albert die Augen, woraufhin seine Tochter Regina bedeutete, ihn schlafen zu lassen und mit ihr zurück ins Haus zu kommen.

34. BIG M.

Roman war die Liste der Fahrtziele in dem Navy durchgegangen. Dabei war ihm ein Eintrag aufgefallen, der unter *Big M.* abgespeichert war. Die Speicherung war offensichtlich über die Koordinaten vorgenommen worden, weil keine dazugehörige Anschrift auszumachen war. Das Display gab lediglich Auskunft, dass die Destination 89 Kilometer entfernt sei und die Fahrt dorthin eine Stunde und sechzehn Minuten dauere.

Um die Schranke zur Ausfahrt aus der Tiefgarage zu öffnen, hatte Roman sich vorab zu Fuß ein Parkticket gezogen. Dann hatte er mit dem Schlüssel, den er in Christian Neuwegers Wohnung mitgenommen hatte, anhand der funkgesteuerten Zentralverriegelung einen Maserati Quattroporte als Neuwegers Auto ausgemacht. Der Wagen im Farbton Blu Mediterraneo vermittelte den Eindruck, als wäre er noch nie mit einer Straße in Berührung geraten. Im Innern kein einziger Hinweis auf den Besitzer, alles jungfräulich wie in dem Ausstellungsraum eines Autosalons für Bonzen.

Also hatte Roman sich mithilfe des zuvor gezogenen Tickets und in Erwartung einer Überraschung losgemacht, um über die A 5 und die B 455 eine Stunde und acht Minuten später auf dem Hof der Baufirma Meffert in der Nähe von Schotten im Vogelsberg einzutreffen. Der Hof war ebenso menschenleer wie die dazugehörigen Betriebsgebäude auch. Am beeindruckendsten bei dem Anwesen war das Unkraut, das die freien Flächen fest in Beschlag genommen hatte. Nach seiner Ankunft ließ Roman noch einen Moment den Motor laufen, während er seinen Blick über das Anwesen wandern ließ. Auf was er hier wohl treffen möge, dachte er und fragte sich, ob er nicht besser gleich wieder abhauen solle.

Dann aber knallte ein Geräusch wie eine Peitsche durch die Luft und ließ keinen Zweifel, dass es sich dabei um einen Schuss gehandelt hatte.

Verdammte Scheiße, dachte Roman, was war das? Und warum musste er sich auf so einen Schwachsinn einlassen mit dem Auto und dem Navy und alles? Er ging auf dem Beifahrersitz in Deckung, bis von irgendwoher eine Stimme rief: »Neuweger?«

Roman drückte die Taste, um die Scheibe auf der Beifahrerseite runterzufahren. »Hier ist nicht Neuweger. Hören Sie auf zu schießen.«

Die Stimme gehörte einem Mann, der aus einer Art Verwaltungsgebäude herausgetreten war und absolut humorfrei klang.

»Red kein Scheiß, Neuweger. Was willst du hier?«

»Verdammte Scheiße«, rief Roman zurück, »ich bin nicht Neuweger. Mein Name ist Roman Worstedt. Ich bin vom Polizeipräsidium Mittelhessen.«

Klar könnte er seine *Heckler & Koch* aus dem Holster ziehen und zurückballern. Aber wäre das klug? Und vor allem deeskalierend? Er wollte sich und dem Kerl, der es da auf ihn beziehungsweise auf Neuweger abgesehen hatte, eine Chance geben. Deshalb lupfte er seinen Dienstausweis wie aus einem Schützengraben heraus kapitulierend in die Höhe, sodass dieser durch das offenstehende Fenster auf der Beifahrerseite erkennbar war.

Langsam kam der Mann, der augenscheinlich schon gut vorgeglüht hatte, mit einer Schrotflinte im Anschlag näher. Sorgfältig prüfte er den Dienstausweis.

»Worstedt, ja?«

»Ja, das bin ich.«

»Klingt wie Worschtfett.«

»Ich weiß. Aber es klingt nur so.«

»Was willst du hier, Worschtfett?«

Roman rappelte sich auf, stieg aus dem Wagen.

»Worstedt bitte, ja.«

»Schon gut. Was haben Sie hier verloren?«

»Ich untersuche, wie Christian Neuweger zu Tode kam.«

»Neuweger ist tot?«

»Ja, wieso?«

»Wirklich?«

»Klar wirklich. Sonst hätten wir ihn ja wohl kaum in ein Kühlfach der Rechtsmedizin geschoben.«

Es dauerte eine Weile, bis die beiden Männer sich so weit beruhigt hatten, dass sie auf den Stufen zu dem Verwaltungsgebäude mehr oder weniger einträchtig nebeneinandersitzen konnten.

Romans Nachfragen über Christian Neuweger förderten zutage, dass dieser für die Misere, in der Tobias Meffert sich seit dem Konkurs seiner Baufirma befand, verantwortlich war.

»Er war eines Tages hier aufgetaucht und hat jede Menge Fotos gemacht«, begann er mit den Ausführungen zum Untergang seiner Firma.

»Ich hatte ihn darauf angesprochen, wofür er hier alles fotografiere. Da hatte er gesagt, ich solle mir keine Sorgen machen, das wäre alles nur für sein Urlaubsalbum. Dann ging aber plötzlich das Gerücht um, dass er auf der Suche nach einem Investitionsobjekt sei. Als ich ihn darauf angesprochen habe, hat er eingestanden, dass es stimme, dass er für einen Kunden auf der Suche nach einem lukrativen Investitionsobjekt sei. Da war er bei mir gewissermaßen goldrichtig. Denn ich war schon eine ganze Weile mit einem Projekt an unserem Niddasee schwanger gegangen, das unsere ganze Region als Tourismusattraktion vorbildlich aufgewertet hätte. Von den Arbeitsplätzen, die dadurch entstanden wären, ganz zu schweigen. Die Idee war, den See weit über die lokalen Grenzen hinaus als Erholungsgebiet zu etablieren. Mit Segelhafen, Hotel- und Shoppinganlage, Golfplatz, hochwertigen Wellness-Einrichtungen, alles. Als ich ihm davon erzählte und erklärt hatte, über vier Millionen Eigenkapital zu verfügen, aber noch zehn Millionen Fremdmittel bräuchte, um das Projekt realisieren zu können, wollte er sich die Pläne anschauen, die ich ausgearbeitet hatte.

Bei unserem nächsten Treffen war er hellauf begeistert von dem, was ich da vorhatte. Er meinte, er würde nicht nur investieren wollen, sondern die gesamte Finanzierung übernehmen, so vielversprechend wie das Vorhaben sich anlasse. Außerdem sei das ein Projekt, wo man um Gottes willen nicht kleckern, sondern unbedingt klotzen sollte. Und um alles vom Feinsten auf die Beine zu stellen, wäre eine Investitionssumme von zwanzig Millionen Euro gerade mal angemessen. Das hat mir natürlich mächtig imponiert. Und als ich wissen wollte, woher er denn das Geld aufbringen wolle, erklärte er mir, über eine spitzenmäßige Connection zu der Hongkong-Shanghai-Banking-Corporation (HSBC) zu verfügen. Das sei weltweit die erste und einzige Bank, die rückhaltlos Gelder aus Drogengeschäften annehme und in Umlauf bringe. Er erzählte mir, dass jeden Tag ein Laster von China aus mit 50 Millionen Dollar Cash nach Hongkong käme und ein Heer von Mitarbeitern damit beschäftigt wären, diese Gelder zur Entgegennahme durchzuzählen. Und weil diese Bank natürlich ein gesteigertes Interesse daran hätte, ihr Geld in Umlauf zu bringen, würden sie abseits angestammter Hasenfüßigkeit Konditionen ausrufen, bei denen keine andere Bank mithalten könne.

Nachdem die Finanzierung dann so weit stand, habe ich auch gleich losgelegt, die ersten Aufträge zu vergeben, Käufe zu tätigen, was halt so anstand. Dann kam er aber eines Tages an und meinte, es wäre da ein gewisses Problemchen aufgetreten. ›Was denn für ein Problemchen‹, hatte ich ihn daraufhin gefragt. Da hat er mir erklärt, dass ein neues Handelsembargo der Überweisung des Geldes im Weg stände und es deshalb dinglich nach Deutschland transferiert werden müsse. Aber sogleich fügte er hinzu, das wäre natürlich kein richtiges

Problem, weil es da einen Kapitän gebe, der das Geld auf seinem Frachter in bar nach Bremerhaven bringen würde. Nur wäre es halt so, dass der Mann für diesen Service eine Provision wolle: vier Millionen Euro. Klar, dass ich da erst mal schlucken musste. Aber da hat er gleich hinterhergeschoben, dass das ja auch kein Problem sei, weil man schließlich die Darlehenssumme einfach auf 24 Millionen aufstocken könne. Er hätte das alles bereits in die Wege geleitet.

So kam es, dass ich ihm besagte vier Millionen ausgehändigt habe und er sich damit nach Bremerhaven auf den Weg gemacht hat und ...«, dem Mann versagte in dem Moment die Stimme, »... und ich heute noch auf ihn warte.«

Ohne jedes weitere Wort stand er auf und stieg die Treppen hoch Richtung Eingang des Gebäudes. Dort legte er einen Stopp ein.

»Wann, sagten Sie, hat es ihn erwischt, diesen Drecksack?«, fragte er.

»Ich habe Ihnen gar nichts gesagt«, antwortete Roman. »Letzte Nacht. Er ist letzte Nacht zu Tode gekommen.«

Nach einem kurzen Nicken setzte Meffert seinen Gang in das Gebäude fort, um sogleich mit einer Flasche dreißigprozentigem Vogelsberger Hanjer in der Rechten zurückzukehren. Nachdem er einen kräftigen Schluck aus der Flasche abgekippt hatte, hielt er sie Roman hin. »Sie auch?«, fragte er.

»Nein danke«, antwortete Roman halbherzig.

Deshalb nahm er noch einen Schluck und setzte sich wieder auf die Stufen. »Aber im Prinzip ist es so, wie meine Frau gesagt hat, bevor sie die Biege gemacht hat.«

»Was hat Ihre Frau denn gesagt?«

»Dass ich selbst dran schuld sei, dass hier alles den Bach runtergegangen ist. Kein einziger Vertrag, kein einziger Zeuge, nicht mal ein Selfie, das mich mit dem Verbrecher zeigt. Gerade so, als wäre er nie hier gewesen.«

Es brauchte eine Weile, bis Roman sagen konnte: »Das hört sich alles an, als hätten Sie ein eindeutiges Motiv gehabt, den Mann umzubringen.«

»Sie können mir glauben«, entgegnete Meffert, »dass es nichts gibt, was ich lieber getan hätte ...« Er musste erst einen weiteren Schluck nehmen, um weiterreden zu können: »Wie oft hatte ich mich schon ins Auto gesetzt und mir gesagt: ›jetzt fahr ich hin zu dem und knall ihn ab wie einen räudigen Hund‹. Aber in der letzten Nacht war ich schon gegen Abend so dicht, dass die Bullen wegen Ruhestörung hier waren und mich mitgenommen haben in die Ausnüchterungszelle bei Ihren Kollegen in Grünberg. Noch Fragen?«

35. O TANNENBAUM

Er musste in der Gunst der Götter gestanden haben. Anders waren die Geschehnisse nicht erklärbar, die nach Douglas' Eintreten mit dem Benzinkanister in Jürgens Flachbau ihren Lauf nahmen. Wie von einer Tarantel gestochen schrie der kenianische Läufer seinen Mitstreitern zu, wie ihr vermeintlicher Förderer ihn über den Tisch gezogen hatte, und begann gleichzeitig den Inhalt des Kanisters über ihn auszukippen. Ohne jedes weitere Wort der Erklärung war den andern dreien auf der Stelle klar, dass ihr Schicksal ebenfalls besiegelt war. Im Bruchteil einer Sekunde mussten sie sich eingestehen, dass auch sie ruiniert waren. Ihre Rückkehr in die Heimat würde bei jedem von ihnen in einer Katastrophe enden. Nicht genug damit, dass sie mit leeren Händen kämen, sie mussten sich auch darauf einstellen, von ihren Familien getrennt und aus ihren Dörfern auf immer verbannt zu werden.

Von dieser Wut getrieben, mobilisierten sie nahezu übermenschliche Kräfte, um Jürgen ruckzuck zu überwältigen und mit den Schnürsenkeln ihrer Laufschuhe an den Handgelenken auf seinem Rücken zu fesseln. Douglas holte aus dem Wohnzimmer ein Päckchen Streichhölzer, das dort auf dem Wohnzimmertisch lag, um auch sogleich eines zu entzünden. Mit ausgestrecktem Arm näherte er sich dem Mann, um nicht von der zu erwartenden Explosion in Mitleidenschaft gezogen zu werden. Näher und näher kam die kleine Flamme dem Todgeweihten, der aber aus welchen Gründen auch immer kein Feuer fangen wollte. Ein weiteres Streichholz wurde entzündet und in der gleichen Weise Jürgens Körper zugeführt. Aber wieder nix. Schließlich wurde der gesamte Inhalt des Streichholzpäckchens verfeuert, ohne dass sich der erwartete Erfolg einstellen wollte. Dieser Mann war ganz offensichtlich nicht entflammbar.

Irgendwann hatten sie ihm dann mit Panzertape den Mund zugeklebt und ihn an eines der Stahlrohrbetten gefesselt. Dann saßen sie an ihrem Tisch und konnten weder etwas essen noch etwas trinken. Und alles, was ihnen durch den Kopf ging, war, wie sie sich an diesem Mann für das, was er ihnen angetan hatte, rächen könnten.

In Einigkeit, dass er die schlimmste Strafe verdient habe, die nur denkbar sei, ging es im Wesentlich darum, wie man diesen Lump um die Ecke bringen könnte. Ihn zu erwürgen, wurde gleich im Ansatz verworfen, weil er einen derart dicken Hals hatte, dass die Läufer ihn nie mit ihren kleinen Händen hätten erfolgsorientiert umspannen können. Und ihn an sein Auto zu binden und über den Hof der Industriebrache zu schleifen, würde schlichtweg daran scheitern, dass keiner von ihnen Auto fahren konnte.

Nachdem noch einige mehr oder weniger untaugliche Methoden in Erwägung gezogen wurden, meinte auf einmal Douglas ohne jeden weiteren Zusammenhang: »Mti kijani.«

»Mti kijani?«, fragte der andere Kenianer, »du meinst: grüner Baum?«

»Ja«, bestätigte Douglas, »grüner Baum.«

»Was soll das denn sein«, fragte einer der Äthiopier, »ein Tannenbaum oder was?«

36. FALLTORHAUS

Florian Keuscher hatte ein untrügliches Auge dafür, ob ein Kennzeichen im erlaubten Rahmen bis zu einer Neigung von 30° angebracht war oder nicht. Eine größere Abflachung wurde bevorzugt von High-Risk-Bikern vorgenommen, um die Registrierung durch Blitzeranlagen oder Verfolgerfahrzeuge zu verhindern oder zumindest zu erschweren. Joachim Feist hingegen konnte gewissermaßen auf jede Entfernung ausmachen, ob ein Rückspiegel die gesetzlich vorgeschriebene Fläche von 69 Quadratzentimeter aufwies, respektive eine Kreisfläche von 78 Millimeter Durchmesser in sich aufzunehmen imstande war. Für die Anbringung kleinerer Spiegel mit eingeschränkterem Erkennungsfeld gab es im Prinzip keinen anderen Grund als dass es cooler aussehen sollte. Dass aufgrund dieses Mangels Versicherungen im Falle eines Unfalls von ihrer Leistungspflicht befreit werden konnten, war den meisten Motorradfahrern unbekannt oder egal. Die beiden Polizisten waren von der Kontrollgruppe Motorrad der Polizei Mittelhessen für die als Rennstrecke verschriene Bundesstraße zwischen Laubach und Schotten im Vogelsberg abgestellt. Im Wesentlichen bestand ihre Aufgabe darin, durch Präsenz und Kontrollen auf der dortigen B 276 dem Raserwahnsinn Einhalt zu gebieten. Es verging kaum ein Wochenende, an dem auf dieser Todesstrecke nicht ein schwerer Unfall zu beklagen war. Im laufenden Jahr hatte es bereits vier Biker und eine Autofahrerin dahingerafft. In der Regel lauerten die beiden Polizisten mit ihren 1.200er BMW-Maschinen auf dem Parkplatz des an der Strecke liegenden Falltorhauses, eines weithin bekannten Bikertreffs.

An diesem Tag hatten sie gerade mal fünf Verstöße zu vermelden. Viermal war ihnen jeweils ein Fahrer untergekommen, der den db-Killer von seinem Auspuff entfernt hatte. Dabei wurde der Schalldämpfer vom Ende des Auspuffs entfernt, um der Maschine einen fetteren Sound zu verleihen. In der Regel war so ein Mangel rasch behoben, weil die Biker selbige db-Killer meist mitführten, was ihnen dann allerdings als Vorsatz ausgelegt werden musste und sich in einem erhöhten Bußgeld niederschlug.

Daneben mussten sie noch einer 800er Honda die Betriebserlaubnis entziehen, weil daran ein Bremshebel ohne nötige Kraftfahrtbundesamt-Nummer (KBA-Nr.) verbaut worden war. Das Teil war offensichtlich in Fernost aus billigstem Fensteraluminium gefertigt worden und zweifelsfrei nicht im hiesigen Straßenverkehr zulässig.

Es war also ein Tag ohne nennenswerte Vorkommnisse, und bestimmt wäre es auch dabei geblieben, wenn nicht plötzlich ein Auto das Falltorhaus passiert hätte, das augenblicklich Florian Keuschers Interesse weckte.

»Mensch, weißt du, was das eben war?«, rief er aus.

»Das Auto?«

»Das war kein Auto.«

»Kein Auto? Was denn?«

»Das war ein Maserati.«

»Echt?«

»Klar echt. Hast du nicht hingeguckt oder was?«

»Na gut, aber ein Maserati ist ja auch ein Auto. Und wegen Autos sind wir ja nicht hier.«

»Red so kein' Stuss. Ein Maserati ist doch kein Auto. Das ist eine Offenbarung. Das ist eine Rakete. Wann kommt einem so etwas schon mal unter?«

»Du meinst …«

»Klar, hopp, beweg dich.«

Und im nächsten Moment starteten sie ihre beiden 1.200er BMW-Maschinen. Sie brauchten nicht lange, um den Maserati einzuholen und mit ausgestreckter Kelle zu stoppen.

Roman fuhr die Seitenscheibe herunter, als die beiden Beamten auf ihn zutraten.

»Was ist denn?«, fragte er, »war ich zu schnell?«

Mit einem Fingerzeig auf die Motorhaube sagte Keuscher: »Mal bitte aufmachen.«

Roman kam der Aufforderung nach, woraufhin die beiden Polizisten begannen, den Motorraum zu inspizieren.

Nach einigen Momenten wollte Keuscher von Roman erfahren: »Ist das die Original-Maschine oder sind an dem Motor nachträglich Manipulationen vorgenommen worden?«

»Nicht, dass ich wüsste«, gab Roman zurück und setzte an zum Aussteigen. Was den beiden Beamten aber nicht sonderlich gefallen wollte.

»Bitte bleiben Sie in Ihrem Fahrzeug und befolgen Sie unsere Anweisungen«, befahl Feist und tauchte mit seinem Kopf erneut unter die Kühlerhaube.

Es war nicht zu überhören, wie begeistert die beiden Polizisten sich an den technisch hochwertigen Gegebenheiten des Quattroporte-Motors ergötzen konnten, bis Keuscher seinen Kollegen fragte: »Was meinst du, wie viel PS die Karre hat?«

»Schauen wir doch mal nach«, entgegnete Feist und trat zu Roman: »Bitte mal den Fahrzeugschein.«

Roman zückte seinen Dienstausweis: »Sorry, Kollegen, aber bei dem Wagen handelt es sich um ein Fahrzeug, das im Rahmen einer Mordermittlung sichergestellt wurde.«

»Aha. Haben wir denn wenigstens einen Führerschein?«

Er streckte Roman fordernd die Hand entgegen.

»Das ist jetzt was blöd«, versuchte Roman sich aus der Affäre zu ziehen, »den habe ich gerade nicht dabei. Ich habe ...«

»Haben wir jetzt einen Führerschein, oder etwa nicht?«

»Hört zu, Kollegen, das ist eine komplizierte Angelegenheit.«

»Den Eindruck haben wir allerdings auch«, entgegnete Keuscher und richtete im nächsten Moment seine

Dienstwaffe auf Roman: »Aussteigen. Hände auf das Autodach. Beine auseinander.«

»Eh, was soll das«, gab Roman seinen Unmut über die Behandlung zum Ausdruck.

Aber da war Feist schon mit dem Abtasten seines Körpers beschäftigt und vermeldete auch sogleich: »Bewaffnet.«

37. ROLLING HOME

Regina wunderte sich nicht schlecht, als Krokoszinski am Telefon war und ihr mitteilte, Roman müsse in der Nähe von Schotten abgeholt werden, weil er ohne Führerschein geschnappt worden sei. Und zwar, wie er mit einem Maserati durch den Vogelsberg gebrettert sei. Auf seine Frage, woher »dieser Säukerl« einen Maserati habe, hatte Regina eine vage Ahnung, die sie jedoch nicht preisgeben wollte.

Bei ihrer Ankunft am Ereignisort stieg sie aus einem Wagen der Gießener Bereitschaftspolizei, der sie dorthin gebracht hatte. Sie trat vor Roman, der auf einem Holzstoß saß. Ihr vorwurfsvoller Blick sprach Bände.

»Das war keine Spritztour«, beendete Roman die peinliche Stille, »das war eine Maßnahme im Rahmen unserer Mordermittlung.«

»Ich habe doch kein Wort gesagt.«

Die Kollegen der Bereitschaft, die Regina hergebracht hatten, stiegen aus und begutachteten das Innere des Maserati.

»Nur damit du nicht denkst …«, fuhr Roman fort.

»Ich würde sagen, das kannst du alles deinem Bewährungshelfer erzählen.«

»Ich habe keinen Bewährungshelfer.«

»Noch nicht. Aber wart's mal ab, wenn du so weitermachst. Fahren ohne Führerschein? Man glaubt's ja nicht.«

»Und warum? Warum musste ich mich selbst hinters Steuer setzen?«

»Na?«

»Weil ich dir einen Gefallen tun wollte, darum.«

Regina streckte ihre Hand aus. »Schlüssel«, sagte sie.

Mit einer entsprechenden Kopfbewegung wies Roman zu den Motorradpolizisten.

Regina trat mit gezücktem Dienstausweis zu den beiden.

»Ich bin die Kollegin, die den Hauptkommissar Worstedt abholen soll.«

»Aber Sie haben hoffentlich einen Führerschein?«, fragte Keuscher.

Als Antwort hielt Regina ihm eine ausgestreckte Hand entgegen: »Den Schlüssel – bitte.«

Keuscher sagte: »Sind Sie überhaupt schon mal so eine Rakete gefahren?«

»Den Schlüssel.«

Stumm stiegen die Ermittler in das überirdisch anmutende Gefährt. Regina riss den Motor bis zum Anschlag auf, um einen Kavalierstart hinzulegen, der die beiden Motorradpolizisten in einer Staubwolke hinterließ.

Auf der freien Strecke wollte sie wissen, was Roman in der Zwischenzeit erfahren habe. Er berichtete von seinen Besuchen bei Deibel und Meffert.

Als er damit fertig war, meinte Regina lakonisch: »Da können wir ja nur froh sein, dass wir rausgekriegt haben, um wen es sich bei unserem toten Waschbären gehandelt hat.«

»Ja, das können wir. Aber immerhin wissen wir auch, dass Neuweger nicht gerade ein Unschuldslamm war. Und dass seine Art, Leute über den Tisch zu ziehen, eindeutig im oberen Segment krimineller Energie angesiedelt war.«

»Und was ist mit der Frau und den drei Typen, die die Uhr versetzt haben?«

»Irgendwie müssen die ja wohl an die Uhr rangekommen sein.«

»Und die Frau, was ist mit der?«

»Keine Ahnung. So wie sich das angehört hat, haben sie die nur beim Deibel reingeschickt zum Versilbern, um nicht selbst in Erscheinung zu treten. Gewissermaßen als Erfüllungsgehilfin.«

»Wenn das so ist, sollten wir sie finden.«

»Und die drei Kerle auch.«

»So sieht's aus.«

38. AUF JUSTUS

Die Ankunft des Quattroporte vor dem Liebig-Museum wurde von den Gästen, die sich dort aufhielten, durchweg mit angemessenem Staunen registriert. Und weil man sich nur in Mutmaßungen verlieren konnte, um wen es sich wohl bei dem ungleichen Pärchen handeln möge, das da der Prachtkutsche mit Frankfurter Kennzeichen entstieg, verzieh man auch die doch eher legere Kleidung, die so gar nicht dem Dresscode der anberaumten Feierstunde entsprechen wollte.

Im Innenraum des Museums war ein reichhaltiges Büffet aufgetischt, und hinter den Sitzreihen waren ausgiebig Stehtische mit weißen Hussen und Orchideen aufgestellt worden. Junge Kellnerinnen in knappen, schwarzen Neckholder-Kleidchen tänzelten mit schampusbestückten Tabletts durch die Gästeschar und lächelten ihre Gesichtsmuskeln an den Rand der Verharzung.

Für das Geld, das die Feier gekostet haben musste, hätten sämtliche Gießener Penner übers Wochenende nach Mallorca fliegen können.

Regina und Roman hielten sich im Hintergrund, als nach und nach Vertreter unterschiedlicher Einrichtungen von einem Rednerpult aus die Verdienste Justus von Liebigs rund um den Brühwürfel zum Besten gaben und seine Bedeutung für die Stadt würdigten.

Einer der Redner, Professor Mathias Gerlach, bei dem es sich offenbar um den Chef des Museums handelte, brachte alles zuvor Gesagte auf den Punkt: »Und daher wäre es nur recht und billig, wenn das Liebig-Museum in das Weltkulturerbe der Unesco aufgenommen würde. Denn diesen Platz hätte es fraglos verdient.«

Nach ausgiebigem Applaus wurden die Anwesenden angehalten, möglichst großzügig für die Unterstützung der Bewerbung um Aufnahme in das Weltkulturerbe zu spenden.

Als Gerlach den Tisch passierte, an dem Regina und Roman standen, sprachen sie ihn an.

Regina sagte: »Herr Professor, wir würden uns gerne mal mit Ihnen unterhalten.«

»Kein Problem«, antwortete der Angesprochene, »kommen Sie einfach morgen zwischen 14.00 und 15.00 Uhr in meine Sprechstunde.«

»Sorry, aber wir würden das gerne jetzt erledigen.«

»No chance«, versuchte der Wissenschaftler dem Anliegen zu entfliehen, aber da hielt Roman ihm auch schon seinen Dienstausweis vor die Nase.

»Worstedt mein Name, vom Polizeipräsidium Mittelhessen. Das ist meine Kollegin Maritz. Sagt Ihnen der Name Neuweger etwas, Christian Neuweger?«

»Also entschuldigen Sie mal …«

»Beantworten Sie uns einfach unsere Frage und wir sind ruckzuck wieder weg. Also …?«

»Nein, der Name sagt mir überhaupt nichts. Wer soll das denn sein, dieser Herr?«

»Er hatte eine Einladung zu dieser Feier hier erhalten.«

»Entschuldigen Sie, aber zu dieser Feier wurden so viele Leute eingeladen. Sie haben ja schließlich auch eine Einladung bekommen.«

»Wir sind mit der Einladung von Herrn Neuweger hierhergekommen.«

»Wieso? Ich meine …«

»Warum Herr Neuweger nicht hergekommen ist?«

»Ja?«

»Weil er tot ist.«

»Oh, das tut mir leid.«

»Warum tut es Ihnen leid, wenn Sie ihn überhaupt nicht gekannt haben?«

»Das sagt man doch so.«

»Woraufhin sind denn die anderen Leute eingeladen worden?«

»Bevorzugt, weil es sich um Spender respektive potentielle Spender handelt.«

»Wie teuer ist denn so eine Bewerbung?«

»Das kann ich Ihnen so aus dem Stegreif nicht beantworten. Da müssten Sie schon mal in mein Büro kommen.«

»Und der Herr Neuweger? Hat der vielleicht auch dafür gespendet?«

»Gut möglich. Aber um das genau zu sagen, …«

»Ja?«

»Müsste ich die Liste unserer Spender durchgehen. Wozu wollen Sie das denn überhaupt alles wissen?«

»Weil wir den Mord an Herrn Neuweger untersuchen.«

»Der Mann ist ermordet worden?«

»Sieht ganz danach aus.«

»Und jetzt meinen Sie, unser Museum könnte etwas damit zu tun haben?«

»Hat es nicht?«

»Also entschuldigen Sie mal.«

»Schauen Sie. Wir haben hier ein Bild von dem Toten«, sagte Regina und zog ihr Smartphone mit einer Fotografie des toten Neuweger hervor, »können Sie ihn vielleicht darauf erkennen.«

Gerlach brauchte sich das Foto nur einen kurzen Moment anschauen, um die Frage von sich zu weisen. »Nein, tut mir leid. Wie gesagt. Und jetzt entschuldigen Sie mich bitte. Ich muss mich um meine Gäste kümmern.«

»Ja klar«, entließ Regina den Mann, und Roman leerte zunächst sein Glas Schampus und dann noch das von Regina: »Auf Justus.«

39. NACHTS IM PARK

Der Lotte-Specht-Park stellte so etwas wie die Demarkations-Destination zwischen dem Gallus- und dem Europaviertel dar. Zu der Zeit, als Roman bei der Frankfurter Bereitschaftspolizei Dienst geschoben hatte, gab es diesen Stadtteil noch gar nicht. Er wurde erst in den letzten Jahren auf dem Gelände des ehemaligen Hauptgüterbahnhofs aus dem Boden gestampft. Hunderte von Neubauten wie ein Ei dem anderen gleichend und zur gewinnträchtigen Verwertung auf exklusiv getrimmt.

Ausgehend von der Annahme, dass Christian Neuweger sich in der Nacht seines Todes zu Fuß von seiner Wohnung in der Niedernhausener Straße zur Wohnung seines Bruders in der Flörsheimer Straße begeben hat, käme neben dem Park auf der Frankenallee nur der Lotte-Specht-Park in Betracht, um dort von den drei Männern überfallen worden zu sein. Weil dieser Park verhältnismäßig frisch angelegt war, konnte man ihn sich angesichts seiner Übersichtlichkeit nur schwer als verschwiegenen Tatort vorstellen. Wenn dort jemand in der Art überfallen, beraubt und anschließend auch noch missbraucht worden wäre, hätte das jemand aus den umliegenden Häusern eigentlich mitkriegen müssen. Es war also unbedingt notwendig, einen Eindruck von dem Park zum Zeitpunkt des vermeintlichen Überfalls zu bekommen. Und das möglichst unverzüglich, um nicht unnütz Zeit zu verlieren.

Also bretterten Regina und Roman nach ihrem Besuch im Liebig-Museum nochmals runter in die Metropole am Main. Sie parkten den Maserati in der Flörsheimer Straße und begaben sich auf das Areal des Lotte-Specht-Parks. Auf einem zentralen Fußweg griff Roman in seine Tasche und holte das zu der Lange-Uhr gehörende Zertifikat hervor. Er legte es sorgsam an eine gut beleuchtete Stelle, bevor er mit Regina etwa fünfzig Meter weiter auf einer Parkbank Platz nahm.

»Aber nix mit Zunge«, kommentierte Regina den Ansatz, sich als vermeintliches Liebespärchen niederzulassen.

»Ich kann mich grad noch beherrschen«, entgegnete Roman und schob ein despektierliches »Oh Mann« hinterher, bevor er sperrig seine Arme nach Regina ausstreckte.

Was sie damit kommentierte: »Von Rechts wegen würde mir eine Gefahrenzulage zur Duldung unerlaubter sexueller Handlung zustehen.«

Permanent ein Auge auf das Zertifikat behaltend, simulierten die Ermittler so ihre Petting-Einlage, bis tatsächlich zwanzig Minuten später drei Männer von der Niedernhausener Straße her auftauchten.

Dann, als der Mittlere das Zertifikat entdeckte und aufhob, rief er auch sogleich die andern beiden zu sich, und es war nicht zu übersehen, dass alle drei in einen kleinen Freudentaumel verfielen.

Diese emotionale Disposition ausnutzend, traten Regina und Roman zu den dreien.

»Na, da haben wir aber richtig Grund, uns zu freuen, was«, sagte Roman, woraufhin der Stärkste der drei sofort ausholte, um ihm einen Schwinger zu verpassen.

Wobei er aber die Rechnung ohne den Wirt gemacht hatte, denn während seiner Ausholbewegung versetze Roman ihm einen ansatzlosen, geraden Schlag mit den Fingerknöcheln auf die Nase, was den Mann unverzüglich nach vorne umgehen ließ, wo er noch einen geschnappten Tritt unter sein Kinn einfangen musste. Danach wandte Roman sich dem zweiten Mann zu, der das Zertifikat in der Hand hielt, während der dritte in Richtung Schwalbacher Straße das Weite suchte. Während Roman den zweiten Mann in den Schwitzkasten nahm, machte Regina sich los, den dritten zu verfolgen. Ohne Mühe konnte Roman seinem Widersacher in den Schmerzpunkt im Innenbereich seiner Oberschenkel petzen, woraufhin dem Mann Hören und Sehen verging. Und im nächsten Moment hatte er auch schon seine Handgelenke in der Acht.

Reginas Verfolgung führte von der Schwalbacher Straße aus nach links auf die Frankenallee. Sie kannte die Strecke, weil sie hier schon dreimal beim Frankfurt-Marathon mitgelaufen war. Sie wusste, dass der Mann, den sie verfolgte, einen Schnitt von drei Minuten vierzig lief. Und sie wusste, dass sie diesen Schnitt maximal zwanzig Minuten durchhalten konnte. Sollte sie ihre Pistole ziehen und den Mann zum Stehenbleiben auffordern? Für einen Moment dachte sie daran, das zu tun, aber dann dachte sie auch wieder, dass das ja auch ein wenig unsportlich sei. Also blieb sie an ihm dran und kommentierte die Schritte in ihrem Kopf mit einem Viervierteltakt. »We will, we will rock you«, klang es in ihrem Kopf, wobei sie streng darauf achtete, dass auf die Zwei und die Vier gezählt wurde. Es dauerte keine Minute, bis der Flüchtige langsam zu schwächeln begann. Regina hielt ihre Pace und konnte mühelos zu ihm aufschließen.

Auf gleicher Höhe begann der Mann mehr und mehr nach Luft zu schnappen, was Regina so kommentierte: »Nicht langsamer werden. Schön den Schritt halten. Das Tempo ist super!«

Danach dauerte es nicht mehr lange, bis der Mann außer Atem stehen bleiben musste, was Regina letztendlich zum Anlass nahm, ihm Handschellen anzulegen.

40. PREMIUM PUSSY

Eine echte Premium-Pussy war das«, sagte die Glatze mit dem Kotelettenbart, »ich erinnere mich. Und irgendwie hatte ich das Gefühl, dass er auch seinen Spaß dabei hatte. Also, von wegen Vergewaltigung, das war einwandfrei Sex mit beiderseitigem Einverständnis. Hinterher war ich richtig traurig, dass ich nicht seine Adresse hatte. Könnte mir vorstellen, dass er sich auch freuen würde, wenn wir uns mal wiedersehen. Habt ihr seine Adresse?«

»Ja, haben wir. Aber das wird nichts helfen.«

»Wieso?«

»Weil der Mann tot ist.«

»Tot? Wieso denn das?«

»Er ist erschossen worden.«

»Ach nee. Und von wem?«

Regina und Roman hingen noch ziemlich in den Seilen. Der gestrige Tag steckte ihnen nach wie vor in den Knochen. Sie mochten fast achtzehn Stunden auf den Beinen gewesen sein.

Unterwegs zu dem Vernehmungsraum vier des Frankfurter Polizeipräsidiums rief Roman den Kollegen

Wagenbach in Gießen an, um ihm aufzutragen, Neuwegers Bankkonten dahingehend zu überprüfen, ob dieser die Bewerbung des Liebig-Museums um Aufnahme in das Weltkulturerbe monetär unterstützt habe. Wagenbach entgegnete, sich erst später darum kümmern zu können, weil er gemeinsam mit dem Kollegen Seipp auf dem Sprung sei zur Rechtsmedizin, da dort nämlich die Obduktion des Frankfurter Taxifahrers angesetzt sei, der am Abend zuvor im Außenbereich der Licher Straße erschossen aufgefunden wurde.

»Habt ihr denn nichts im Funk mitbekommen?«, fragte er Roman.

Dessen Antwort in Erinnerung daran, dass man mit Neuwegers Maserati unterwegs war: »Muss uns entgangen sein.«

Für die Vernehmung der drei Männer aus dem Lotte-Specht-Park hatten unsere Ermittler sich vorgenommen, nacheinander jeden einzeln zu verhören. Von dieser Strategie versprachen sie sich, die drei gegebenenfalls gegeneinander ausspielen zu können.

Den Anfang machten sie mit Hassan Brucik, den sie für den Leithammel der Gruppe hielten. Sie meinten, wenn sie ihn erst mal geknackt hätten, würden sie mit den andern beiden leichtes Spiel haben. Der Mann mit der Glatze und dem schwarzen Kotelettenbart hatte sich zur Begrüßung selbstgefällig auf den Stuhl gegenüber von Regina geflätzt und seine ineinander verschränkten Hände durch Druck auf die Fingergelenke kraftmeierisch zum Knacksen gebracht. Unterstrichen wurde seine Macho-Pose noch von einem Lächeln, das seine vermeintliche Unantastbarkeit zusätzlich untermauern sollte.

»Wissen Sie, warum wir Sie festgenommen haben?«, hatte Regina die Vernehmung begonnen.

»Sag's mir, Schätzchen«, antwortete die Glatze.

»Sie haben in der Nacht auf gestern im Lotte-Specht-Park einen Mann überfallen, ihn zur Duldung unerlaubter sexueller Handlungen gezwungen und ihm seine Kleidung gestohlen.«

»Wassen Stuss. Der Kerl hat uns angemacht, dass er es mal wieder richtig besorgt gekriegt bräuchte. Und dass er hinterher nackig losgelaufen ist? Da stand er wohl drauf. Er hat diesen besonderen Kick wohl einfach gebraucht.«

»Und die Uhr?«, mischte Roman sich ein, »was ist mit der Uhr, die ihr dem Mann geklaut habt?« Er hatte wortlos aus dem Fenster geschaut, bis er vortrat und die Lange-Uhr, die er bei Wilfried Deibel sichergestellt hatte, in einem transparenten Spurensicherungsbeutel auf den Tisch legte: »Da sind eindeutig deine Fingerabdrücke drauf.«

»Ja und?«

»Wie sind die da draufgekommen?« Er bezog unmittelbar hinter dem Delinquenten Stellung, sodass er fast auf Tuchfühlung mit ihm kam.

»Was soll'n der Scheiß?«, sprach Hassan nach vorne zu Regina, »ist dein Partner 'n Hinterlader oder was?«

»Wie sind deine Fingerabdrücke auf die Uhr gekommen?«, wiederholte Roman seine Frage mit Nachdruck.

»Na, wie schon? Hat der Typ mir geschenkt, die Tick-Tack, und weißt du warum?«

Da war man aber gespannt.

»Weil ich es ihm so verdammt gut besorgt habe. Hat dir schon mal jemand eine Uhr geschenkt, Bulle, weil du es ihm gut besorgt hast?«

Roman verkniff sich eine Antwort.

»Wir haben unter den Fingernägeln deiner Premium-Pussy eine eindeutige DNA-Spur sichergestellt. Was meinst du, wie die dahin gekommen ist?«

»Mein Gott, wie schon? Ekstase natürlich, was sonst. Der war eine richtige Wildkatze, der Kerl. Wie man sich's nur wünschen kann als richtiger Mann.«

»Ich werde Ihnen was sagen, Herr Brucik«, übernahm Regina wieder das Reden, »Sie wären gut beraten, mit uns zu kooperieren. Denn wenn wir den Abgleich mit Ihrer DNA haben, könnte es ganz schnell gehen, dass Sie aus der Nummer nicht mehr rauskommen. Sie verstehen, was ich meine?«

»Fick dich, du Fotze. Ich sag kein Wort mehr ohne meinen Anwalt.«

41. ROSEMARIES SCHWESTER

Die Frau saß im Eingangsbereich des Hauptgebäudes und trug ein beigefarbenes Windblouson zu einem knielangen, braunen Cordrock. Als Mareike Rühl auf sie zutrat, erklärte sie, ihre Schwester sei am Vortag über die Drogenhilfe Frankfurt zu einer Entgiftung eingeliefert worden.

»Ihre Schwester, ist das Reinhild Peters?«, fragte Mareike.

»Richtig, das ist sie«, antwortete Rosemarie Dachser.

Mareike musste die Frau aufklären, dass im derzeitigen Stadium, in dem ihre Schwester sich befand, ein Besuch nur mit Einverständnis des zuständigen Stationsarztes erfolgen könne.

»Da ist doch klar«, sagte die Frau verständnisvoll und händigte zur Registration Mareike ihren Personalausweis aus.

Eigentlich hätte Mareike sich ein paar Tage ausruhen sollen, aber sie meinte, dass sie das traumatische Erlebnis ihres Zusammenbruchs im Polizeipräsidium am besten hinter sich bringe, wenn sie sich in ihre Arbeit stürze. Deshalb war sie am Vormittag nach ihrer Entlassung aus der Uniklinik nur kurz nach Hause gefahren, hatte sich umgezogen und war sofort weiter in die Vitos Klink gefahren, um wie üblich ihren Dienst als Krankenschwester aufzunehmen.

Dabei kreisten ihre Gedanken immer weiter um die Begegnung mit dem Polizisten Roman Worstedt und darum, wie sie sich für seinen selbstlosen Einsatz erkenntlich zeigen könnte. Dabei bewegte sie in erster Linie die Frage, ob dieser Mann wohl in festen Händen sei oder nicht. Immerhin hatte sie keinen Ehering an ihm sehen können und auch keinen weißen Streifen an einem seiner Finger als Hinweis darauf, dass er vorsätzlich einen Ehering abgezogen hätte. Was aber letztendlich alles nicht viel zu sagen hatte. Und auch konnte man nicht viel darauf geben, dass es in seinen Erzählungen keinen einzigen Hinweis auf das Vorhandensein einer Partnerin gab. Wobei ihr natürlich aus vielen Erfahrungen klar war, dass Männer – so sie denn auf ein schnelles Abenteuer aus waren – es tunlichst vermieden, eine Bemerkung fallen zu lassen, die darauf hindeuten könnte, dass zu Hause jemand auf sie wartete.

Als sie vor dem Zimmer eintraf, in dem Reinhild untergebracht war, hielt sie einen Moment inne, bevor sie sachte an die Tür klopfte. Nachdem aus dem Innern des Raums ein schwaches »Ja« erklang, öffnete sie vorsichtig die Tür. Reinhild lag mit angezogenen Beinen in der Seitenlage zusammengekauert auf dem Bett. Sie sah nicht gut aus, aber das wollte nichts heißen bei dem Zustand, in dem sie sich befand. Wortlos blickte sie Mareike fragend an, während die langsam zu ihr trat.

Freudig verkündete sie: »Frau Peters, ich habe eine Überraschung für Sie. Ihre Schwester ist da, um sie zu besuchen.«

Reinhild blickte die Frau stumm an.

»Wer ist da?«, fragte sie schließlich.

»Ihre Schwester.«

Unmerklich begann Reinhild verneinend ihren Kopf zu schütteln: »Soll das ein Witz sein? Ich habe keine Schwester.«

»Sie haben keine Schwester?«

»Meine Schwester ist schon lange tot. Schon seit 28 Jahren.«

Mit diesen Worten drehte sie sich von Mareike weg der Wand des Raumes zu.

Die Tür zum Zimmer des Stationsarztes stand offen, als Mareike eintrat. Der Mediziner beendete ein Telefonat, bevor er sich ihr zuwandte. »Ja?«, fragte er.

Mareike antwortete: »Unten ist die Schwester von Frau Peters, um sie zu besuchen.«

»Ja und?«

»Die Frau Peters sagt, dass sie gar keine Schwester hätte. Die wäre schon seit Jahren tot.«

»Da scheint der Entzug offenbar ihre Erinnerung etwas verklärt zu haben. Und vielleicht soll damit auch ein Konflikt bewältigt werden, den die Schwestern in der Vergangenheit miteinander hatten. So etwas ist nichts Ungewöhnliches. Deshalb meine ich, dass so eine Begegnung nur positiv sein kann.«

»Das heißt, von Ihrer Seite spricht nichts gegen den Besuch?«

»Richtig. Lassen Sie sie ruhig zu ihr. Vielleicht ist der Zeitpunkt ja sogar gut, um eine Versöhnung anzubahnen, falls es in der Vergangenheit ein Zerwürfnis gab.«

»Danke«, sagte Mareike und machte sich wieder los.

Als sie wieder den Eingangsbereich betrat, stand Reinhilds Schwester auf, als sie näherkam. »Der zuständig Arzt hat nichts gegen Ihren Besuch, aber Sie sollten unbedingt darauf achten, dass Ihre Schwester sich nicht unnötig aufregt.«

»Keine Sorge. Sie können sich da ganz auf mich verlassen.«

Im zweiten Stock angelangt, traten die beiden Frauen zu dem Zimmer, in dem Reinhild untergebracht war.

Als Mareike die Tür öffnete, rutschte Reinhild auf ihrem Bett in die hinterste Ecke und zog die Bettdecke hoch bis zu ihrem Hals. »Hau ab!«, schrie sie dabei, »Hau ab! Du bist nicht meine Schwester, hau ab!«

»Reinhild, das kannst du doch nicht machen. Komm her, mein kleiner Schatz …«

Reinhild war dieser Zuneigung nicht gewachsen. »Was soll der Scheiß, was ist hier los?«, zischte sie in den Raum, woraufhin Rosemarie zu Mareike meinte: »So war sie schon immer. Sie konnte von einem Moment auf den anderen Dinge tun oder sagen, die man ihr nie zugetraut hätte.«

Weil Mareike meinte, dass die Schwestern womöglich einen alten Zwist aufzuarbeiten hätten, sagte sie: »Ich lasse Sie mal einen Moment alleine. Wenn was ist, können Sie ja jederzeit nach mir klingeln.«

»Das ist sehr nett«, entgegnete Rosemarie.

Auf dem Flur zückte Mareike ihr Smartphone, um auf dem Display nachzuschauen, ob sie eventuell eine Nachricht erhalten hatte. Sie wusste zwar nicht von wem und auch nicht warum, aber sie schaute einfach nach. Das tat sie so lange, bis durch die Tür hindurch plötzlich ein lauter Schrei ertönte. Sie riss die Tür auf, wo sich ihr ein Bild des Schreckens offenbarte.

Vor dem Bett stand Rosemarie mit einem Schraubenzieher in der Rechten. Sie stand einfach nur da, während von dem Werkzeug Blut herunterlief. Vor ihr auf dem Bett lag Reinhild mit einer Stichwunde im Hals, aus der Blut heraussprudelte wie die Fontäne aus einem Springbrunnen.

42. MÄNNERPAARUNG

»Also, noch mal von vorn: Wie kam es zu der besagten Männerpaarung?«, fragte Roman Ylmaz Atabilgin, den er bei der Auseinandersetzung im Lotte-Specht-Park widerstandslos festnehmen konnte. »Damit wir uns nicht falsch verstehen«, fuhr er fort, »im Prinzip bräuchten wir Sie gar nicht mehr verhören. Ihre Freunde haben nämlich längst alles zugegeben. Dass wir Sie jetzt doch noch zu Wort kommen lassen, machen wir nur, damit Sie uns Ihre Kooperationsbereitschaft zusichern können. Haben Sie das verstanden?«

»Was haben die zugegeben, die anderen?«, entgegnete Ylmaz.

»Hören Sie, Herr Atabilgin«, übernahm Regina die Gesprächsführung, »wir warten stündlich auf den Abgleich Ihrer DNA mit der, die wir bei dem toten Herrn Neuweger sichergestellt haben. Sie wissen, was ich meine?«

»In seinem Arsch oder was?«

»Das könnte man so sagen, ja.«

»Damit habe ich nichts zu tun, echt, das war ich nicht. Das war der Hassan. Der baut so 'ne Scheiße, ich nicht.

Ich würde nie mit einem Mann … oh, Scheiße, was sollen die gesagt haben, die anderen?«

»Dass Sie dem Herrn Neuweger die Uhr weggenommen hätten. Stimmt das?«

»Wassen Scheiß, natürlich nicht. Wie können die so was sagen. Die Uhr hat der Hassan dem Kerl abgenommen. Ganz klar. Der war ganz scharf drauf, echt.«

»Und die Pistole? Wo war die her?«

»Was für eine Pistole, verdammt?«

»Die Pistole, mit der Christian Neuweger erschossen wurde. Welche sonst.«

»Wovon reden Sie, verdammt?«

»Herr Atabilgin, wissen Sie, wo wir herkommen?«

»Was weiß denn ich?«

»Interessiert Sie das denn nicht?«

»Also gut: Wo kommen Sie her?«

»Ich werde es Ihnen sagen: Wir kommen aus Gießen beziehungsweise wir kommen ›extra‹ aus Gießen. Wissen Sie, wo Gießen ist?«

»Klar, jeder weiß das. Richtung Vogelsberg.«

»Richtig. Und glauben Sie, wir würden so eine Fahrt auf uns nehmen, wenn es darum ginge, dass im Gallus drei Türken einem Nachtfalter in den Arsch gefickt haben?«

Ylmaz hielt sich bedeckt.

»Nein, das würden wir nicht. Also, warum sind wir hergekommen?«

»Um selbst einem in den Arsch zu ficken?«

»Ganz falsche Antwort, Freundchen. Wir sind hergekommen, um einen Mord aufzuklären. Und was glaubst du wohl, was für einen?«

»Hm?«

»Den, den ihr in der Nacht auf gestern begangen habt. Du und Deine beiden Compañeros.«

»Wassen Stuss. Warum sollen wir einen Mord begangen haben?«

»Also, noch mal von vorn: Wo hast du die Pistole hergehabt.«

»Was denn für eine Pistole, verdammt? Ich habe keine Pistole gehabt. Und wir haben den Mann auch nicht umgebracht. Wir haben ihn was aufgemischt, okay, und der Hassan hat ihn ein bisschen von hinten gestumpt und ihm die Uhr weggenommen. Aber wir haben ihn nie im Leben erschossen. So was machen wir nicht. Wir machen nie was mit Pistolen. Da könnt ihr jeden fragen. Das ist nämlich gegen unseren Ehrenkodex. Wir sind Ritter.«

»Ihr seid was?«

»Ritter. Wir haben eine Ehre. Außerdem sind Pistolen viel zu gefährlich, dass man in irgendwas reingeraten könnte, was man hinterher bereut. So was machen wir nicht. Niemals.«

»Und warum sagen deine Freunde, dass du die Pistole gehabt und den Mann erschossen hättest.«

»Das weiß ich nicht. Das Einzige, was ich überhaupt mit einer Pistole zu tun hatte an dem Abend, war im *Kapadokya*, bevor wir uns um den Lackaffen im Lotte-Specht-Park gekümmert haben. Da war ein Typ, der hat mit einer Knarre auf dicke Hose gemacht, hat schwer damit rumgefuchtelt und gebrüllt, dass er mit dem Teil jemanden umlegen würde.«

»Hat ihn jemand gefragt, wen er da im Auge hatte?«

»Wozu? Der war doch nicht ganz dicht. Und auch noch voll wie eine Strandhaubitze. Auch so 'n Durchgeknallter eben.«

»Wo ist das, das *Kapadokya*?«

43. KEINE BEWEGUNG

Als die Kommissare Oliver Wagenbach und Hans Seipp vor der Vitos Klinik eintrafen, war bereits ein mächtiges Aufgebot an Einsatzfahrzeugen von Polizei und Notärzten vor Ort. Im Laufschritt trafen sie vor dem Zimmer ein, in dem sich die Bluttat zugetragen hatte. Auf dem Flur stand eine Traube von Mitarbeitern, Polizisten und medizinischen Helfern vor der verschlossenen Zimmertür.

Mareike Rühl berichtete den beiden Kommissaren, was sich zugetragen hatte. Nämlich dass die Patientin Reinhild Peters, die zur Entgiftung Patientin der Klinik sei, Besuch von ihrer Schwester Rosemarie Dachser bekommen habe und selbige Schwester sie dann offenbar mit einem Messer erstochen habe.

»Dachser, Dachser?«, meinte Seipp, »hieß der erschossene Taxifahrer von gestern Abend nicht auch so?«

»Egal, wir müssen was tun, dass die Frau versorgt wird«, entgegnete Wagenbach.«

»Ohne SEK?«, fragte Seipp.

»Wir haben keine Zeit. Die Angestochene muss dringend ärztlich versorgt werden, falls noch was zu retten ist. Und die Täterin muss geschützt werden, dass sie sich nicht auch was antut. Also ...«

»Okay«, sagte Seipp und rief in Richtung der Tür: »Frau Dachser!«

Keine Antwort.

Noch mal: »Frau Dachser!«

Wieder nichts. Wagenbach lauschte mit einem Ohr an der Tür in den Raum hinein. Die Polizisten entsicherten ihre gezogenen Dienstwaffen.

»Frau Dachser, wir kommen jetzt rein zu Ihnen. Leisten Sie keine Gegenwehr. Bringen Sie niemanden unnötig in Gefahr.«

Mit Fingerzeichen zählte Wagenbach: drei, zwei eins, dann riss er die Tür auf.

Im Innern des Zimmers saß Rosemarie Dachser nun auf dem Bett neben Reinhild Peters, von der keine Bewegung mehr ausging. Sie hielt nach wie vor den blutverschmierten Schraubenzieher in der Hand.

»Auf den Boden!«, rief Seipp, »auf den Boden!«

Langsam wandte Rosemarie ihren Blick zu dem Kommissar. Und ohne jede weitere Verlautbarung ließ sie den Schraubenzieher aus ihrer Hand hinunter auf den Boden gleiten, wo er mit einem metallischen Geräusch niederging.

»Sie auch!«, rief Seipp hinterher, »Sie auch auf den Boden!«

Ohne jede Hast und Gegenwehr tat Frau Dachser, wie ihr geheißen.

»Keine Bewegung! Keine Bewegung!«, brachte nun Wagenbach sich ein, »und Hände auf den Rücken!«

Mit raschen Schritten waren die Polizisten bei der Frau auf dem Boden und hatten ihr auf dem Rücken Handschellen angelegt.

Zwei Sanitäter und ein Arzt stürzten auf Reinhild zu, während Rosemarie vor sich hin stammelte: »Sie hat es verdient. Sie hat es verdient.«

»Was? Was hat sie verdient?«, fragte Seipp die Frau.

»Sie hat es verdient, weil sie meinen Mann umgebracht hat. Ich hatte gestern Nachmittag noch mit ihm telefoniert. Da hat er sie nach Gießen gefahren. Und eine halbe Stunde später hatte er sich schon nicht mehr gemeldet. Sie muss es gewesen sein. Sie hat ihn umgebracht. Ich weiß es ganz genau.«

Der Arzt, der sich um Reinhild gekümmert hatte, erhob sich. Auf die fragenden Blicke der Kommissare antwortete er mit einem Kopfschütteln, was bedeuten sollte, dass es für Reinhild keine Hilfe mehr gab.

44. KEEP ON RUNNING

Der dritte Mann, der an dem Überfall auf Christian Neuweger beteiligt war, hieß Taifun Tahan. Er war derjenige, dem Regina lauftechnisch gezeigt hatte, was eine Harke ist. Von den dreien schien er der Vernünftigste zu sein. Ohne großen Bohai hatte er eingestanden, dass man den Mann überfallen und Hassan sich an ihm vergangen habe.

»Wir hätten das nicht tun sollen, ganz klar«, hatte er abschließend gesagt, »aber wir haben den Mann nicht umgebracht. Schon allein, weil der Park auf der Frankenallee gar nicht unser Gebiet ist. Damit haben wir nichts zu tun. Unser Revier ist oberhalb, also nördlich der Frankenallee. Da sorgen wir für Recht und Ordnung. Die Frankenallee ist Niemandsland. Und darunter …«

»Was ist darunter, also im Süden?«

»Da hat jede Naselang ein anderer Ausländerstamm das Sagen. Das ist voll krass Kamerun. Da haben wir nichts mit am Hut. Wir begnügen uns mit dem, was oberhalb der Frankenallee läuft. Schließlich haben wir eine Tradition zu wahren.«

»Verstehe«, kommentierte Roman, »und es gibt niemanden, der für die Frankenallee verantwortlich ist?«

»Eigentlich nicht. Höchstens mal irgendwelche gestörte Deutsche.«

»Gestörte Deutsche?«

»Ja klar. An dem Abend, als wir den Uhren-Heini hochgenommen hatten, war so einer an der Trinkhalle dran. Wie ein Geisteskranker hat der gegen das Gitter gedonnert, weil schon zu war.«

»Aha, und dann?«

»Jemand muss sich doch darum kümmern, dass hier nicht alles den Bach runtergeht. Das Gallus ist voll von irgendwelchen Knallbacken, denen nichts heilig ist und denen man nur beikommen kann, wenn sie mal verschärft was auf die Rassel kriegen.«

»Was heißt?«

»Was heißt, dass wir ihm freundlich, aber bestimmend zu verstehen gegeben haben, sich gefälligst zu mäßigen und …«

»Und?«

»Und ihm eine kleine Lektion in Sachen ›Benehmen an der Trinkhalle‹ verpasst haben.«

»›Eine kleine Lektion‹? Was kann man sich darunter vorstellen?«

»Mein Gott, nichts Besonderes. Ein kurzer Check gegen die Brezel. Mehr nicht.«

»Und wer war dieser Mann? Habt ihr den gekannt?«

»Nicht näher. Ich weiß nur, dass irgendwann mal jemand gesagt hat, dass er sein Geld als Sklavenhändler macht. Wie gesagt, was Genaues weiß ich nicht.«

»Was anderes«, wechselte Roman das Thema, »uns wurde berichtet, dass die Uhr des Herrn Neuweger, die ihr verscherbelt habt, von einer Frau zum Verkauf angeboten wurde. Ist das richtig?«

»Ja.«

»Warum das?«

»Wir wussten, dass der Kerl ein Hehler war. Aber wir wollten nicht rein in seinen Laden. Wir hatten Angst, dass da eine Überwachungskamera installiert sein könnte.«

»Und wer war die Frau?«

»Keine Ahnung. Die lief da auf der Straße rum und sah so abgerissen aus, dass wir gedacht haben, für ein paar Mäuse macht die alles.«

45. KAPADOKYA

Die Gastwirtschaft *Kapadokya* lag auf der Mainzer Landstraße und wurde bevorzugt von Türken aus der Provinz Anatolien frequentiert. Seit der Eröffnung im Jahr 1976 hatte die Räumlichkeit sich nur unwesentlich verändert. Von Zeit zu Zeit war mal ein neuer Fernseher aufgestellt worden, um am Samstagnachmittag Fußball zu gucken oder manchmal auch unter der Woche, wenn ein besonderes Spiel anstand.

Ansonsten langzeiterprobte Resopaltische und einfache Gastro-Holzstühle. Von jahrelanger Benutzung abgewetzte Domino- und Backgammonspiele, an den Wänden gutgemeinte Bemalungen heimatorientierter Motive.

Als Regina und Roman das Lokal betraten, waren wie üblich nur männliche Gäste anwesend. Sämtliche Gespräche verstummten schlagartig. So etwas lieferte auf Monate hinaus Gesprächsstoff.

Am Tresen steckte Roman einen Euro in den dort aufgestellten Pistazienautomaten. Als der Wirt zu ihnen kam, sagte Roman: »Mir wurde gesagt, hier gebe es den besten Frappé in ganz Frankfurt?«

»Zweimal?«, fragte der Wirt dagegen.

»Bitte ja.«

Während der Mann die Bestellung in die Küche weiterrief, sagte Regina: »Frappé? Ist das nicht französisch?«

»Wohl ja.«

»Und warum gibt es das in einer Türken-Kneipe?«

»Keine Ahnung.«

Als die Frappés auf den Tresen gestellt wurden, fragte Roman den Wirt: »Waren Sie vorgestern Abend auch hier?«

»Wer will das wissen«, entgegnete der Mann.

Unisono zückten die Ermittler ihre Dienstausweise.

»Polizei«, kommentierte Regina die konzertierte Legitimation.

Eine sichtliche Erleichterung darüber, dass Reginas Anwesenheit beruflich begründet war, zog in das Gesicht des Mannes hinter dem Tresen: »Ja, war ich. Und?«

»Da soll ein gewisses Geschehen stattgefunden haben, bei dem eine Pistole im Spiel war. Können Sie sich daran erinnern?«

»Das war nichts.«

»Wie, ›das war nichts‹?«

»Das war nicht schlimm.«

»Was aber erst einmal heißt, dass dieses Geschehen stattgefunden hat.«

»Was wollen Sie?«

»Wir wollen wissen, wer das war. Wer hat da mit einer Pistole rumgefuchtelt.«

»Ich weiß nicht, was Sie wollen?«

»Na, dann mal Klartext …« Roman legte sein Smartphone auf den Tresen: »Wissen Sie, was ich machen werde, wenn ich weiterhin den Eindruck habe, dass Sie nicht mit uns kooperieren wollen?«

Der Wirt verzog keine Miene.

»Dann werde ich den Kriminaldauerdienst anrufen und dafür sorgen, dass alle Ihre Gäste ins Präsidium geschafft und dort einzeln vernommen werden. Wäre doch gelacht, ob da nicht der eine oder andere sich besser daran erinnern kann als Sie.«

»Was haben Sie gegen Ausländer?«

»Absolut nichts. Der Frappé ist ein Gedicht.«

»Geht aufs Haus.«

»Danke. Wer war der Mann?«

»Ein guter Junge war das.«

»Wir haben nichts Gegenteiliges behauptet. Sein Name?«

»Er würde nie etwas Unrechtes tun.«

»Der Name.«

»Er kommt aus einer ehrbaren Familie.«

»Der Name.«

Weil der Wirt Romans Aufforderung nicht nachkam, griff der zu seinem Handy und wählte eine Nummer. Als am anderen Ende abgenommen wurde, meldete er sich. Im gleichen Moment sagte der Wirt: »Demir.«

»Demir«, wiederholte Roman, »und wie weiter?«

»Özkan, Demir Özkan.«

Roman sprach kurz in sein Handy, dass er sich gleich nochmals melden würde, bevor er sich erneut dem Wirt zuwandte: »Wo wohnt der Mann, wo arbeitet er …?«

46. KEINE MUTTERN

Es war kalt. Sehr kalt. Und mit jedem Herein- oder Herausfahren eines Wagens war die sich zwischenzeitlich eingestellte Spur von Wärme wieder hin. Regina und Roman betraten die Werkstatt durch die normale Tür neben den riesigen Flügeltüren. Nachdem sie sich einen Moment umgeschaut hatten, fragten sie einen der Mitarbeiter nach Demir. Der deutete nur zu einem jungen, dunkelhaarigen Mann, der gerade telefonierte. Er hatte jemanden in der Leitung, der offenbar die Radmuttern für seine Winterreifen verschlampt hatte.

Als er nach einigem Hin und Her das Telefonat beendet hatte, traten Regina und Roman auf den Mann zu.

»Sind Sie Demir Özkan?«, fragte Regina.

»Ja, warum«, antwortete der Mann und instruierte übergangslos einen anderen Mitarbeiter, die entsprechenden Muttern bei einem Autozubehör zu beschaffen.

Als er sich wieder den Ermittlern zuwandte, hatten die ihre Dienstausweise gezückt und hielten sie ihm hin.

»Wir sind von der Polizei«, sagte Roman, »und wir möchten uns gerne mit Ihnen unterhalten.«

»Worüber?«, fragte Demir schwach.

»Waren Sie vorgestern Abend im *Kapadokya*?«

Demir musste einen Moment überlegen, bevor er wiederum völlig sachlich zur Antwort gab: »Ja, warum?«

»Herr Özkan«, übernahm nun Regina, »uns ist berichtet worden, dass Sie an dem Abend im *Kapa* eine Pistole dabeigehabt und damit herumhantiert haben sollen. Können Sie das bestätigen?«

Demir blickte die beiden einen Moment lang stumm an. Dann sagte er: »Was wollen Sie von mir?«

»Nichts Besonderes. Wir wollen nur wissen, ob es sich so zugetragen hat, wie uns berichtet wurde.«

»Wer hat Ihnen denn so was berichtet?«

»Das tut nichts zur Sache. Sagen Sie uns nur ganz einfach, ob Sie an dem Abend in der Gastwirtschaft *Kapadokya* mit einer Pistole hantiert und angekündigt haben, jemanden damit erschießen zu wollen?«

»Ich möchte endlich wissen, worum es geht,«

»Es geht darum, dass in der besagten Nacht im Park der Frankenallee ein Mann erschossen wurde und wir Ermittlungen durchführen, wie es dazu kam. Deshalb müssen wir allen Spuren nachgehen. Also?«

»Und wenn es so wäre? Wenn ich da im *Kapa* mit einer Waffe rumgefuchtelt hätte …?«

»Dann hätte das zunächst einmal nicht viel zu bedeuten. Dann würden wir Sie ganz einfach bitten, uns zu erzählen, wie Sie die weitere Nacht verbracht haben.«

»Sie meinen, ob ich diesen Mann umgebracht habe?«

Roman musste schlucken, bevor er weiterreden konnte: »Haben Sie das? Haben Sie diesen Mann umgebracht?«

Demir Özkan setzte sich auf einen der Stühle, die in dem Büro neben er Werkstatt aufgestellt waren. Sein Blick wanderte zum Boden, bis Roman nähertrat und ihn erneut ansprach.

»Herr Özkan, haben Sie diesen Mann umgebracht?«

Özkan brauchte einen erneuten Anlauf: »Und wenn es so wäre, dass ich ihn umgebracht hätte. Was würde das bedeuten?«

Darauf waren Regina und Roman nicht vorbereitet. Regina trat nun hinzu: »Wir müssen Ihnen das so sagen, wie es sich verhält, Herr Özkan. Wenn Sie den Mann erschossen haben, stehen Sie unter Mordverdacht und wir müssen Sie festnehmen. Ist Ihnen das klar?«

Demir blickte Regina stumm an, bevor er in Zeitlupe zweimal seinen Kopf runter und wieder hochbewegte.

»Herr Özkan«, setzte Roman wieder ein, »könnte es sein, dass Sie sich der Tragweite Ihres Verhaltens nicht bewusst sind. Sie stehen von nun an unter Mordverdacht.«

Demir Özkan verzichtete auf jede weitere Reaktion.

47. ZIEGENFICKER

Demir Özkans Festnahme schien für seine Kollegen in dem Reifenservice – und insbesondere den Inhaber, bei dem es sich um seinen Onkel Ibrahim handelte – schlimmer zu sein als für Demir selbst. Regina und Roman mussten schlimmste Beschimpfungen über sich ergehen lassen, während sie dem jungen Mann Handschellen anlegten und ihn in ihr Auto verfrachteten.

Unmittelbar nach der Losfahrt meldete sich der Kollege Seipp per Handy. Er berichtete zum einen, dass man einen weiteren Mord in Gießen zu verbuchen habe, und zum anderen, dass die Überprüfung von Christian Neuwegers Konto ergeben habe, dass zwar keine Überweisungen an das Liebig-Museum getätigt worden seien, man dafür aber auf etwas anderes gestoßen sei. Und zwar auf einen Zahlungseingang in Höhe von zwei Millionen Euro, der von einer »Hilfsorganisation für gefallene Mädchen« stamme.

Im Polizeipräsidium Frankfurt angelangt, führten die Ermittler den jungen Festgenommenen in einen Vernehmungsraum. Nach dem üblichen Einsprechen von

Ort, Zeit und Namen der Anwesenden in das Aufzeichnungsgerät, wandte Regina sich an den Festgenommenen: »Wir müssen Sie belehren, dass Sie von nun an als Beschuldigter gelten. Das heißt, dass Sie die Aussage verweigern und einen Anwalt hinzuziehen dürfen. Haben Sie das verstanden?«

Demir nickte langsam mit dem Kopf.

»Bitte antworten Sie mit Ja oder Nein. Das Aufzeichnungsgerät kann Ihre Bewegungen nicht memorisieren.«

»Ja, ich habe verstanden.«

»Danke. Kennen Sie denn einen Anwalt, den Sie hinzuziehen wollen?«

»Nein, brauche keinen Anwalt.«

Regina und Roman wollten nicht glauben, dass die Lösung ihres Falles sich derart lapidar ergeben hatte. Sie mussten unbedingt Tathergangssicherheit erlangen, um nicht eventuell einem Trugschluss zum Opfer zu fallen.

»Wie war es denn dazu gekommen, dass Sie den Mann erschossen haben? Was war denn der Tat vorausgegangen?«

Keine Reaktion.

»In welcher Beziehung standen Sie denn zueinander, der Herr Neuweger und Sie?«

Wieder keine Reaktion.

»Woher kannten Sie sich?«

Wenigstens ein schwaches Schulterzucken.

»Hatten Sie vielleicht Streit?«

Diesmal nickte der Mann.

»Herr Özkan, noch mal: Unser Gerät kann Ihr Nicken nicht aufnehmen. Also: …?«

»Ja, wir hatten Streit.«

»Worum ging es dabei?«

»Er hat mich beleidigt.«

»Und wie? Wie hat er Sie beleidigt? Was hat er gesagt?«

»Ziegenficker«, antwortete Demir schwach.

»Er hat Sie ›Ziegenficker‹ genannt?«

Demir nickte erneut. »Ja, Ziegenficker hat er gesagt: ›Du Scheiß Ziegenficker.‹«

»Und daraufhin haben Sie die Pistole gezogen und ihm in die Brust geschossen?«

Demir nickte wieder. Mit einem Fingerzeig erinnerte Roman daran, dass die Antworten sprachlich erfolgen sollten.

»Ja, das habe ich.«

»Was?«

»Ihm in die Brust geschossen.«

»Von vorne?«

»Ja, von vorne.«

Blickkontakt zwischen Regina und Roman. Man war sich einig, dass an der Geschichte etwas faul sein musste. Aber sollte man den Mann damit konfrontieren, dass Neuweger nicht durch einen Schuss von vorne in die Brust zu Tode kam, sondern vielmehr durch einen Schuss von hinten in den Kopf?

Schließlich nahm Roman das Gespräch wieder auf: »Was war das für eine Waffe, mit der Sie geschossen haben?«

»Baretta. 7.65er.«

»Und woher hatten Sie die?«

»Von einem im *Kapa*.« Er verbesserte sich ins Hochdeutsch: »Von einem Gast in der Gastwirtschft *Kapadokya*.«

»Was für ein Gast? Wer war das?«

»Keine Ahnung. Nie wiedergesehen.«

»Und was haben Sie mit der Baretta gemacht, nachdem Sie den Mann erschossen haben?«

»In den Main.«

»Sie haben sie in den Main geworfen?«

»Korrekt.«

»Und wo? Wo haben Sie das gemacht?«

»Von der Brücke am Bahnhof.«

»Von der Friedensbrücke?«

»Ja.«

»Auf welcher Seite?«

»Links.«

»Links von der Stadt aus? Oder links von Sachsenhausen aus?«

»Von der Stadt aus.«

48. GEFALLENE MÄDCHEN

Können Sie sich vorstellen, warum wir Sie sprechen wollen?«, begann Regina die Unterhaltung mit Clemens Happel, dem Geschäftsführer des *Hilfe* für gefallene Mädchen e. V. Die Organisation war in einem Backsteinhaus am Rand von Butzbach untergebracht und unterhielt mehrere Wohneinheiten, in denen junge Frauen untergebracht waren, die offenbar wenig von der Sonnenseite des Lebens abbekommen hatten.

»Tut mir leid«, antwortete der Mann, der zu seinem Anzug eine auffällige Fliege trug, »ich habe nicht oft mit der Polizei zu tun.«

»Dann wollen wir hoffen, dass das zukünftig auch so bleibt«, mischte Roman sich ein.

»Wie kann ich Ihnen weiterhelfen?«

»Gehe ich recht in der Annahme, dass Ihre Einrichtung eine wichtige Unterstützung für junge Frauen darstellt, die es nicht gerade leicht haben im Leben?«

»Das könnte man so sagen, ja.«

»Und wäre es auch zutreffend, dass es nicht gerade leicht ist, die finanziellen Mittel zur Aufrechterhaltung Ihrer Einrichtung aufzubringen?«

»Ich denke, Sie könnten ruhig ohne Umschweife zur Sache kommen.«

»Also gut: Finanzieren Sie sich zum Großteil über Spenden?«

»Ja, das tun wir. War's das?«

»Leider noch nicht, nein.«

Happels fordernder Blick ließ Roman näher zu ihm treten. »Wissen Sie, womit wir uns neben unserer eigentlichen Arbeit immer wieder herumschlagen müssen?«

»Woher sollte ich das wissen?«

»Mit neugierigen Journalisten. Manchmal wissen wir gar nicht, wie wir uns gegen diese Aufdringlichkeiten überhaupt noch wehren sollen. Können Sie das verstehen?«

»Ehrlich gesagt nicht, nein. Kommen Sie bitte zur Sache.«

»Gern. Was meinen Sie, wie diese Schmeißfliegen mit der Information umgehen würden, dass Sie zwei Millionen Euro an einen zwielichtigen – wie soll ich sagen – Immobilienmakler überwiesen haben?«

Happel wurde auf der Stelle von einer beängstigenden Blässe heimgesucht. Mit einem Satz war er an der Tür seines Büros, die bis dahin offengestanden hatte, und sperrte sie zu.

»Woher wissen Sie davon?«

»Sorry, Herr Happel. Aber die Fragen stellen wir hier. Klar?«

Happel brauchte nicht zu antworten.

»Also? Wieso haben Sie dem Herrn Neuweger zwei Millionen Euro überwiesen?«

»Das war …«

»Ja?«

»Das war nichts, was Sie vielleicht denken.«

»So, was denken wir denn vielleicht?«

»Ich habe das nicht gewollt. Ich hatte gleich Angst, dass das Schwierigkeiten bringt. Ich habe das doch nur …«

»Jetzt hören Sie endlich auf mit Ihrem Rumgestammel. Wir sind doch nicht zum Spaß hier.«

»Ich habe 20.000 Euro für unser Haus bekommen. Das ist eine schöne Stange Geld.«

»Kann man so sagen, ja. Und weiter.«

»Dafür habe ich das dann gemacht.«

»Was? Was haben Sie gemacht?«

»Die zwei Millionen überwiesen.«

Regina und Roman wussten nicht mehr, wie sie diese Einlassung verstehen sollten.

»Moment mal«, sagte Regina, »verstehen wir das richtig, das war gar nicht Ihr Geld beziehungsweise das Geld Ihrer Organisation?«

»Nein, natürlich nicht. Wo sollten wir denn so eine Summe herhaben?«

»Also, wem sein Geld war das?«

Happel musste sich erst wieder hinter seinen Schreibtisch setzten.

»Das Liebig-Museum wollte diesem Herrn Neuweger zwei Millionen Euro zukommen lassen und …«

»Und wollte aber in keiner Weise mit dem Mann in Verbindung gebracht werden. Verstehen Sie?«

»Soll das heißen, das Liebig-Museum hat Ihnen das Geld überwiesen, damit Sie es weiter überweisen?«

»Fast.«

»Äh?«

»Mir war das Geld nicht überwiesen worden. Ich habe es Cash bekommen.«

»Zwei Millionen Euro?«

»Zwei Millionen Euro. Das war ein ziemlicher Höllenritt, mit dem ganzen Geld von Gießen nach Frankfurt zu fahren, um es in der Zentrale unserer Bank einzuzahlen.«

»Und was hatte das für einen Hintergrund? Warum hat das Liebig-Museum das gemacht?«

49. PEANUTS

»Also gut«, brach Mathias Gerlach sein Schweigen, nachdem Regina und Roman ihn fast eine gesamte Stunde lang in die Mangel genommen hatten.

Dann ließ er endlich raus, dass Neuweger ihm, anders als zuvor behauptet, doch kein Unbekannter gewesen sei. Ein dreiviertel Jahr zuvor sei er ihm aufgefallen, weil er mehrmals recht aufwendig in seinem Museum herumfotografiert habe. Auf Gerlachs Nachfrage habe der Mann irgendwelche fadenscheinigen Ausflüchte von sich gegeben.

Eines Tages habe es aber einen sonderbaren Anruf gegeben. Jemand am anderen Ende habe gefragt, ob der Scout von der Vorschlagskommission noch zugange sei. Als Gerlach daraufhin Aufklärung verlangt habe, was damit gemeint sei, habe es vom anderen Ende der Leitung nur geheißen: »Oh, Verzeihung, falsch verbunden.«

Gerlach habe daraufhin zwei und zwei zusammengezählt und sich einen Reim darauf gemacht, dass der seltsame Fotograf offensichtlich im Auftrag der Vorschlagskommission für die Aufnahme in die Liste des Weltkulturerbes der Unesco tätig sein müsse. Das Museum hatte sich zwei Jahre zuvor mit umfangreichen Unterlagen samt eines eigens für dieses Unterfangen produzierten Films für die Aufnahme beworben.

Als Gerlach diesen vermeintlichen Hintergrund des Mannes erfahren habe, sei er mit ihm in Kontakt getreten und habe versucht, sich eine objektive Beurteilung der Bewerbung zusichern zu wollen. Denn schließlich habe für die Stadt doch einiges auf dem Spiel gestanden. Die Universität trug den Namen des großen Physikers, die Geschäftsleute veranstalteten alljährlich ein Suppenfest und so weiter und so fort.

Der Mann, von dem bald zu erfahren gewesen sei, dass er Neuweger heiße, habe gemeint, dass es bestimmt nicht schädlich sein könne, die Vorschlagskommission zu einer nachhaltig objektiven Betrachtung der eingereichten Bewerbung zu motivieren.

Auf Gerlachs Nachfrage, was er damit meine, habe Neuweger nach einem Zettel gegriffen, darauf eine Zahl notiert und ihn verdeckt über den Tisch geschoben.

»Als ich ihn umgedreht hatte«, sagte Gerlach, »hat mich fast der Schlag getroffen: *Zwei Millionen Euro* stand da.«

Neuweger habe dazu gemeint, dass es sich dabei doch für eine Stadt wie Gießen um Peanuts handele angesichts der Verwechslung von Brutto- und Nettokosten eines Bauvorhabens, die die Stadt mal eben eine halbe Million Euro gekostet habe.

»So habe ich mich losgemacht, bei allen, die von einer Aufnahme in das Weltkulturerbe profitieren würden,

Geld aufzutreiben: Geschäftsleute, Institutionen, bei der Stadt, dem Tourismusbüro, überall. Weil niemandem daran gelegen war, mit Neuweger oder der Vorschlagskommission in Verbindung gebracht zu werden, war klar, dass der Geldfluss auf keinen Fall direkt erfolgen dürfe.

So war schließlich ein halbes Jahr zuvor jemand auf die Idee gekommen, die *Hilfe für gefallene Mädchen* als unterstützungswürdige Institution anzugehen und für ein angemessenes Salär mit der Abwicklung zu betrauen.

»Aber wenn da die zwei Millionen schon geflossen sind, warum gab es dann jetzt die Veranstaltung mit dem Spendenaufruf«, hatte Roman zwischendurch erfahren wollen.

»Weil er sechs Wochen später wieder auf der Matte stand«, erwiderte Gerlach, »Und zwar sei er da auf etwas gestoßen, was die Vorschlagskommission womöglich hätte verunsichern können. Und zwar sei es darum gegangen, dass im Jahr 1907 die *Liebig's Extract of Meat Company* – kurz LEMCO – in der damaligen deutschen Kolonie Südwestafrika 200.000 Hektar Farmland erworben habe. Dort, westlich von Windhoek im Khomas-Hochland bei Neu-Hausis, sei sodann Rinderzucht zur Herstellung von Brühwürfeln betrieben worden. Er meinte, dass es dort seinerzeit an der Tagesordnung gewesen sei, Landübereignungen dergestalt abzuwickeln, dass Eingeborenen-Häuptlinge unter Alkohol gesetzt oder ihnen Glasperlen als Edelsteine angedreht würden, um ihnen auf diese Weise drei Kreuze unter einen Wisch abzuluchsen, der dann als Kaufvertrag galt.

Also meinte er, es sei gut, wenn der Kommission ein notariell beglaubigter Kaufvertrag vorgelegt würde, worin ein angemessener Kaufpreis für den Landkauf ausgewiesen wäre, um über jeden Verdacht einer unrechtmäßigen kolonialen Vorteilsnahme erhaben zu sein.

Ich hatte ja in dem Moment gedacht, der tickt doch nicht ganz richtig, was sollte Justus von Liebig mit all dem zu tun haben? Der Mann war 1873 verstorben.

Er hat daraufhin gemeint, das sei ja klar und er würde es ebenso sehen, aber die Herrschaften der Vorschlagskommission präferierten nun mal Bewerbungen frei von jedem Makel. Und mit der LEMCO habe es sich ja nun mal so verhalten, dass die Familie Liebig nicht nur als Namensgeber, sondern auch als Anteilseigner mit nicht unerheblichem Dividendengewinn fungiert und auch die Oberaufsicht über die Herstellung der Brühwürfel zugesichert bekommen habe.

Da fiel mir nichts zu ein. Wie sollte ich diesen vermaledeiten Vertrag herbeischaffen? Sofern es überhaupt jemals einen solchen gegeben hatte. Deshalb fragte ich, was man denn machen könne, wenn ein solcher Vertrag nicht beigebracht werden könnte. Woraufhin er nach kurzem Schulterzucken erneut nach einem Zettel griff, darauf ein Zahl notierte und ihn mir verdeckt über den Tisch zuschob.

»Das hat Sie ja offensichtlich in eine präkäre Situation gebracht?«

»›Präkär‹? Die Situation war scheiße hoch drei. Wenn wir nicht schon die zwei Millionen abgedrückt hätten, hätte ich gesagt: Ende Gelände. Aber so waren wir – wie man beim Skat sagen würde – in einer Spaltarsch-Situation. Grauenhaft.«

»Und wie sind Sie damit umgegangen?«

»Ich habe mich losgemacht und erneut die Klinken geputzt, um noch mal zwei Millionen zusammenzukratzen.«

Nach einer etwas längeren Pause meinte Roman: »Ich denke, Sie sind ein Mann, der ein klares Wort zu schätzen weiß?«

»Was meinen Sie damit?«

»Ich meine damit, dass Sie ein lupenreines Motiv gehabt haben, Herrn Neuweger umzubringen.«

»Was für ein Blödsinn.«

»Dann sagen Sie uns doch bitte mal, wo Sie die Nacht von vorgestern auf gestern verbracht haben.«

»Muss das sein?«

»Sonst würde ich es bestimmt nicht fragen.«

»Bei meinem Freund.«

Nach kurzer Überlegung legte Roman dem Mann einen Zettel und einen Kuli auf den Tisch: »Bitte den Namen und die Anschrift Ihres Freundes.«

Gerlach notierte etwas auf den Zettel und schob ihn verdeckt zu Roman.

50. WIEDER FREI

Die Taucherstaffel hatte den Boden des Mains an der Friedensbrücke zwei Tage lang mit acht Kräften abgesucht, bevor sie tatsächlich mithilfe von Metalldetektoren eine Baretta 7.65 herausholen konnten. Die Spurensicherung hatte die Waffe unverzüglich ins Labor verfrachtet und dort auf Fingerabdrücke hin untersucht. Man sprach von Glück, dass der Schütze den Griff nicht mit Gewebeband abgeklebt hatte, weil dann nämlich keine Fingerabdrücke mehr auszumachen gewesen wären. Hinzu kam, dass die Waffe noch nicht lange genug im Wasser lag, um das Fett, das durch die Fingerabdrücke auf den Griff übertragen worden war, aufzulösen. Obwohl das Prozedere recht aufwendig war, so konnte doch festgestellt werden, dass sich an der Waffe Fingerabdrücke von Demir Özkan befanden. Als dann aber anschließend das Geschossmuster abgeglichen wurde, musste festgestellt werden, dass Neuweger mit dieser Waffe nicht getötet worden sein konnte. Dieser Umstand und die Tatsache, dass Özkans Beschreibung des Tathergangs nicht mit den vorgefundenen Spuren vereinbar war, hatte zur Folge, dass der junge Mann noch am gleichen Nachmittag aus der U-Haft entlassen werden musste.

Als er durch das Tor der JVA Preungsheim trat, war die Obere Kreuzäckerstraße menschenleer. Fast jedenfalls. Die einzige Person, die zu sehen war, war sein Vater.

Als der auf Demir zutrat und ihn in den Arm nahm, erstarrte dieser – wie man so sagt – zur Salzsäule. Der Vater schlang seine Arme um den Sohn und sagte: »Ich habe es gewusst. Du konntest das nicht getan haben. Ich wusste, dass mein Sohn keinen fremden Mann umbringen kann.«

»Jetzt bin ich wieder frei, Vater.«

»Ja, und das ist gut so. Du bist mein Sohn, mein Jüngster. Ich bin stolz auf dich. Ich weiß, dass du einmal die Werkstatt von Onkel Ibrahim übernehmen wirst. Ich habe mit ihm gesprochen. Er sagt, du bist der Stolz der Familie.«

Dann gingen die beiden zu dem Auto des Vaters, das auf der anderen Straßenseite stand. Ein dunkelblauer Opel Vectra mit gelben Bömmelchen über der Windschutzscheibe.

Als die beiden eingestiegen waren, sagte der Vater: »Sie ist im Handschuhfach. Du brauchst keine Angst zu haben. Sie ist nicht registriert und der Griff ist abgeklebt. Du kannst keine Fingerabdrücke hinterlassen. Wenn du es hinter dir hast, schmeiß sie einfach in den Main. Hast du gehört?«

Demir blickte stumm nach vorne. Sein Vater startete den Motor, und die beiden fuhren los.

51. GESTÖRTE

Regina hatte Hans Seipp am Handy.

»Wie lange wollt ihr euch noch da unten in Frankfurt rumtreiben?«, fragte er, »hier in Gießen brennt die Luft. Zwei Morde innerhalb von nicht einmal vierundzwanzig Stunden.«

»Ich weiß es nicht«, antwortete Regina, »wir sehen immer noch kein Land.«

»Vielleicht hilft euch ja das Folgende: …«

»Und zwar?«

»Bei dem erschossenen Taxifahrer neben der Licher Straße haben wir eine Pistole gefunden.«

»Die Tatwaffe?«

»Ja, aber jetzt halt dich fest.«

»Da bin ich aber gespannt.«

»Das ist die gleiche Waffe, mit der euer Christian Neuweger erschossen wurde.«

»Was?«

»Wenn ich's doch sage.«

»Wie hängt das denn zusammen?«

»Da könnt ihr euch mal selbst 'n Kopp machen. Also.« Damit beendete der Gießener Kollege das Gespräch.

Regina bemerkte, dass Roman sie während des Telefonats beobachtet hatte.

»Und? Was gibt's?«, fragte er.

»Erzähl ich dir später.«

Die beiden standen an Burkhard Schlichtings Trinkhalle auf dem Mittelstreifen der Frankenallee. Als es so aussah, als ob der Betreiber eine freie Minute hätte, sprach Roman ihn an.

»Burkhard«, sagte er.

»Bitte?«

»›Ma e Fraach‹?«

»Was dann?«

»An dem Abend. Du weißt, als du den Bericht über Kuba im Fernsehen gucken wolltest, …«

»Ja, ich weiß?«

»Wenn ich mich recht erinnere, hattest du gesagt, dass du zehn Minuten vor elf hier dicht gemacht hast. War das so?«

»Korrekt. Ich hatte keinen Bock, dass sich vielleicht noch einer für 'ne Stunde hier an 'nem Bier festhält und ich nicht loskomme.«

»Verstehe. Und bist du dann auch gleich los?«

»Worum geht's denn jetzt schon wieder?«

»Um nichts Genaues. Also?«

»Hmm, nicht unmittelbar, will ich mal sagen. Paar Minuten war ich noch hier.«

»In der Trinkhalle, ja?«

»Ja klar. Wo denn sonst?«

»Und was hast du gemacht?«

»Was ich gemacht habe? Dunkel hatte ich schon gemacht und mich mucksmäuschenstill verhalten. Das habe ich gemacht.«

»Und warum?«

»Weil da noch einer gekommen war, darum.«

»Den du nicht mehr bedienen wolltest?«

»Richtig. Den Arsch von Sklaventreiber wollte ich nicht mehr bedienen. Und? Wollt ihr mir daraus jetzt einen Strick drehen oder was?«

»Nicht, wenn du uns sagst, wer das war.«

»Einer, der jeden dritten Abend hier auftaucht und am Rad dreht, wenn ich Schicht machen will. Gerade so, als ob er nicht den ganzen Abend Zeit hätte. Eine Zecke sondersgleichen ist das, der Typ. Aber an dem Abend hat er echt schlechte Karten gehabt. Wie er hier an der Fassade rumgepoltert hat wie ein Gestörter, kamen drei Türken an. Die haben dem mal ordentlich den Mores gelehrt.«

»Inwiefern?«

»Wie soll ich sagen? Zuerst haben sie ihm tüchtig was auf die Mütze gegeben und ihn dann noch mit der Nase voran auf die Kühlerhaube von 'nem Auto gedotzt. Alles vollgesaut mit Blut war das.«

»Offenbar ein recht unangenehmer Zeitgenosse, was?«

»Das kannst du laut sagen. Aber so Gestörte gibt es jede Menge hier im Gallus.«

»Und wie heißt der Mann? Hast du da einen Namen?«

»Jürgen. Das ist alles, was ich weiß. Und wenn ich richtig informiert bin, wohnt er in einem Flachbau auf dem Gelände einer Industriebrache in der Kleyerstraße. Das ist alles, was ich weiß.«

»Und das Auto, wo die drei Türken ihn draufgeklatscht haben, hast du davon vielleicht eine Nummer oder so?«

»Niente. Das war ein weißer SUV, das weiß ich noch. Aber nach dem Nummernschild habe ich nicht geguckt. Ich habe mich danach ja auch gleich heimgemacht.«

52. AUF OFFENER STRASSE

Seit Aysal vor anderthalb Jahren bei ihren Eltern in der Schwalbacher Straße ausgezogen war, hatte sie keinen Kontakt mehr zu ihnen. Und weil sie eine Wohnung in Rödelheim gefunden hatte, war sie auch nur noch ausgesprochen selten im Gallus. Und wenn, dann vermied sie es tunlichst, in der Nähe der elterlichen Wohnung aufzutauchen.

Der einzige Kontakt, den sie noch hatte, war der zu ihrem jüngeren Bruder. Demir war ihr einen Monat nach ihrem Auszug auf der Zeil begegnet. Sie hatten sich in ein Café gesetzt und hatten sich miteinander unterhalten. Demir hatte ihr erzählt, was es Neues gab in der Familie und andere unwichtige Dinge. Als sie sich verabschiedet hatten, hatte er gefragt, wie er sie erreichen könne. Weil sie Angst hatte, dass andere Mitglieder der Familie bei ihr auftauchen könnten, wollte sie ihm nicht sagen, wo sie hingezogen war. Deshalb hatte sie ihm ihre Handynummer gegeben. So hatten sie von da an in unregelmäßigen Abständen Kontakt zueinander.

Einmal, als sie sich getroffen hatten, hatte sie etwas von ihrer Arbeit erzählt. Sie hatte ihre Freude mit ihm teilen wollen, dass sie nicht länger als Regalauffüllerin tätig sei, sondern nach einer kurzen Einarbeitungszeit nun an der Kasse sitze. Und dabei war ihr rausgerutscht, dass sie bei Rewe arbeite.

Demir hatte zunächst nicht darauf reagiert. Denn im Prinzip war es ihm egal, was seine Schwester tat, wo sie arbeitete, wie sie ihr Leben führte. Er liebte sie, denn sie hatte sich, als sie noch zu Hause wohnte, stets dafür eingesetzt, dass er sich mehr oder weniger selbstbestimmt bewegen konnte. Sie hatte sich mit den Eltern darüber gestritten, als er vom SKV Türkgücü zur Eintracht wechseln wollte. Für seinen Vater war es eine Ehrensache, bei einem türkischstämmigen Verein Fußball zu spielen. Aysal hatte ihm stets zur Seite gestanden, wenn es darum ging, dass Demir seinem Lebenstraum, Fußballprofi werden zu können, näherkam. Wenn die beiden sich trafen, umarmten sie sich stets liebevoll. Er sagte zu ihr »meine liebe Schwester« und sie nannte ihn »mein liebstes Brüderchen«. Und diese gegenseitige Zuneigung kam auch aus tiefstem Herzen. Denn zu keinem ihrer anderen drei Brüder hatte sie so ein inniges Verhältnis wie zu Demir.

Wobei nicht unerheblich war, dass Demir mit seiner Arbeit in der Reifenwerkstatt seines Onkels Ibrahim einer geregelten Tätigkeit nachging, wogegen seine Brüder sich mit Hartz IV und allerhand fragwürdigen Gelegenheitseinkünften über Wasser hielten. Außerdem fuhren die Brüder allesamt fette Schlitten, die auf andere Leute liefen und trugen protzige Chevignon-Lederjacken, wogegen Demir mit einem zehn Jahre alten Toyota Corolla zufrieden war.

Als Aysal ihren Bruder vor dem Rewe auftauchen sah, hatte sie sich im ersten Moment total gefreut. Dann aber erinnerte sie sich schlagartig, dass ja eigentlich Bernhard sie von der Arbeit abholen wollte, mit dem sie seit drei Monaten zusammen war.

Bisher hatte sie Demir noch nicht erzählt gehabt, dass sie mit einem neuen Mann zusammengekommen war. Zu groß war ihre Angst, dass ihr Vater das erfahren könnte und ihr die Hölle heiß machen würde.

Aysal sagte ihrem Bruder, dass sie noch eine knappe Stunde zu arbeiten habe. Und er entgegnete, das sei kein Problem, er komme dann einfach noch mal vorbei, um sie abzuholen.

»Schön, da freue ich mich«, verabschiedete Aysal ihren kleinen Bruder, der ihr heute viel größer vorkam als sonst. Sie fragte sich, ob er gewachsen sein mochte. Aber wie sollte es dazu gekommen sein? Mit neunzehn wuchs man doch nicht mehr.

Als sie eine viertel Stunde später eine Pause hatte, rief sie mit ihrem Handy Bernhard an und sagte ihm, dass er sie nicht abholen brauche, weil sie noch mit einer Kollegin, die irgendwelche Probleme habe, etwas trinken gehen wolle. Sie traute sich nicht, ihm zu sagen, dass sie sich mit ihrem Bruder treffe, weil Bernhard dann sofort auf die Palme gehen würde. Er wusste, dass Aysals Familie ihn hasste, weil sie nach wie vor mit einem anderen Mann verheiratet war.

»Wo wollen wir hin?«, fragte Aysal, als sie aus dem Rewe rauskam und zu Demir trat.

»Ich kenne mich nicht so gut aus in Rödelheim«, antwortete Demir, »sag du was.«

»Lass uns einfach die Thudichumstraße runtergehen. Am S-Bahnhof ist ein nettes Café, da können wir uns reinsetzen, okay?«

»Okay.«

Während der anschließenden Unterhaltung stellte sich heraus, dass Demir tatsächlich vier Rewe-Märkte in Frankfurt unter die Lupe genommen hatte, um herauszufinden, ob Aysal dort arbeitete.

»Warum hast du das getan?«, wollte sie erfahren.

»Ich habe dich so vermisst«, antwortete Demir, »es war für mich unerträglich, dich vielleicht sehen zu wollen und nicht zu wissen, wo du bist.«

»Du hättest mich doch jederzeit anrufen können.«

»Hätte ich, ja. Aber ich hätte ja nicht wissen können, ob du auch alleine bist.«

»Was meinst du denn damit?«

»Na ja, könnte ja sein, dass du wieder einen Freund hast, oder?«

»Wie kommst du denn darauf?«

»Ach, nur so.«

Aysal wusste, dass es zusehends unvermeidlicher wurde, Demir ins Vertrauen zu ziehen. Deshalb blieb sie stehen und sagte: »Ich muss dir was sagen, Brüderchen.«

Demir sah sie stumm an. Wodurch Aysal jedoch eher verunsichert wurde.

»Was ist los mit dir?«, fragte sie ihren Bruder.

»Was soll los sein mit mir?«

»Du bist mein kleiner Bruder. Ich liebe dich mehr als alles andere auf der Welt. Ich merke doch, wenn dich was bedrückt. Sag mir, was du auf den Herzen hast, bitte.«

Als Antwort trat Demir so nahe auf sie zu, dass er sie in die Arme nehmen konnte. Kurz darauf fuhr seine rechte Hand in die Tasche seiner Jacke und er hielt sie noch fester im Arm.

Aysal bemerkte die Bewegung und sie wusste auch, was sie zu bedeuten hatte. Im nächsten Augenblick spürte sie den Lauf einer Pistole an ihrer Schläfe.

Nach dem Schuss rutschte sie mit weit aufgerissenen Augen an ihm herab und kam auf dem Rücken zum Liegen.

Um sie herum schreckerfüllte Gesichter von Passanten, Schreie, die Menschen in Angst, was als Nächstes passieren könnte. Dann hier und dort Sprachfetzen, die den Notruf verständigten, während Tränen in Demirs Gesicht stiegen.

53. VIER KLEINE NEGERLEIN

Der Mitarbeiter der Leitstelle meinte, nicht richtig gehört zu haben, als der Zugführer der Linie 14 die Kollision auf der Mainzer Landstraße mit einem »laufenden Filzballen« vermeldete und Polizei und Rettungswagen anforderte.

»Was denn für ein Filzballen?«, wollte der Mitarbeiter erfahren.

»Ein grüner«, gab der Zugführer zurück.

»Und was heißt ›ein laufender‹? Hatte der Beine oder was?«

»Sonst hätte er ja wohl kaum laufen können. Noch mal zum Mitschreiben: Der kam mir plötzlich vor die Bahn gelaufen, und ich konnte nicht mehr rechtzeitig bremsen. Alles klar?«

»Hat er dich denn nicht gesehen oder was?«

»Wie denn? Er hatte überhaupt keine Augen. Oder hast du schon mal einen Stoffballen mit Augen gesehen?«

Der Mann in der Einsatzleitstelle warf einen Blick auf den Kalender, um sicher zu gehen, dass nicht der erste April sei.

Als fünf Minuten später die Polizei am Ereignisort eintraf, fanden sie einen grünen Filzballen vor, der mit Kreppband zusammengehalten wurde und aus dem zwei nackte Beine herausguckten. Dem ersten Eindruck zufolge handelte es sich um die Beine eines Mannes.

Geräusche aus dem Innern des Ballens ließen vermuten, dass sich darin eine Person befand. Trotz mehrmaliger Aufforderung, deutlicher zu reden, war nicht auszumachen, um wen es sich handelte und wie es zu dem Vorfall hatte kommen können. Nach einer kurzen Diskussion darüber, ob man den Filz aufschneiden sollte oder aber auseinanderwickeln, entschied man sich für Letzteres. Man wollte nicht Gefahr laufen, den Mann eventuell mit einem Schneidewerkzeug zu verletzen.

Um allerdings das Entwickeln bewerkstelligen zu können, wurde es nötig, den Ballen achtmal abzurollen. Wobei jedes einzelne Rollen aus dem Inneren des Ballens von mehr oder weniger intensivem Wehklagen begleitet wurde. Und weil auf diese Weise der Ballen in ausgerolltem Zustand doch eine nicht unerhebliche Fläche in Anspruch nahm, war es nur dem beherzten Einspringen eines Polizeibeamten zu verdanken, dass der Mann, der sich in dem Ballen befand, nicht noch von einem Opel Astra überfahren wurde.

Nachdem der Mann gänzlich entrollt war, war auszumachen, dass ihm die Arme in Bondage-Manier eng an den ansonsten nackten Körper getapt waren. Desgleichen war ihm auch der Mund durch mehrmals um den Kopf gewickeltes Gewebeband verklebt. Bei dem Tape handelte es sich, wie einer der Sanitäter zu bemerken wusste, um ein Gewebeklebeband, wie es Langstreckenläufer benutzen, um sich die Brustwarzen abzukleben, damit sie nicht während eines langen Laufs blankscheuern und anfangen zu bluten.

Um den Nackten nicht unnötig dem Anblick zwischenzeitlich aufgelaufener Schaulustiger preiszugeben, verdeckte ein Polizist das Glied des Mannes blickschützend mit seiner Dienstmütze. Was er allerdings besser nicht getan hätte, weil die Befreiung des auf dem Boden Liegenden von den Blicken der Umherstehenden eine körperliche Entspannung zur Folge hatte, die sich naheliegend als ungewollte Benetzung besagter Kopfbekleidung niederschlug.

Dem Mann fiel es anschließend nicht leicht, übergangslos in einen sachlichen Mitteilungsmodus zu wechseln, weshalb er die Fragen der umstehenden Polizisten und Sanitäter verhältnismäßig wirr zur Beantwortung gab.

»Vier Neger« hätten ihn in den Ballen eingewickelt und dann auf der Straße ausgesetzt. Er habe keine Ahnung gehabt, wo er gewesen sei, und sei gewissermaßen wie blind auf die Straße gelaufen. Es sei unbedingt nötig, die vier Täter zu schnappen, weil sie ihm Unmengen an Geld schuldeten, bevor sie wieder nach Afrika abhauen könnten.

»Vier kleine Negerlein, ja?«, frotzelte einer der Polizisten in Anlehnung an das Kinderlied, der wie seine Kollegen auch wenig Gefallen an der rassistischen Ausdrucksweise des Mannes finden wollte.

Auf die Frage nach seinen Personalien gab er an, dass er Jürgen heiße und in der Kleyerstraße wohne.

Als die Polizisten in dem Flachbau eintrafen, stand dort die Tür offen. Also riefen sie laut »Polizei«, bis aus dem Innern eine weibliche Stimme entgegnete: »Ja, wir sind hier.«

Weil den Uniformierten die Situation seltsam vorkam, zückten sie ihre Dienstwaffen und begaben sich in das Haus. Darin trafen sie auf einen Mann und eine Frau.

»Hände hoch«, riefen die Polizisten, woraufhin die beiden Personen vorgaben, ebenfalls Polizisten zu sein.

Mitten in das gegenseitige Bemühen zur Klärung der Sachlage begann Reginas Handy zu klingeln. Weil sie sich nicht traute, gegen die Aufforderung der uniformierten Beamten ihre Hände herunterzunehmen, gab sie sich einverstanden, dass der ältere der beiden ihr Handy aus der Jackentasche zog und das Gespräch entgegennahm.

Es brauchte nur wenige Worte, woraufhin der Beamte das Handy an seine Besitzerin reichte: »Hier, Frau Kollegin.«

Regina meldete sich und reagierte ausgesprochen einsilbig und betroffen auf das, was sie vom anderen Ende berichtet bekam. Nachdem sie das Telefonat beendet hatte, fragte sie in die Runde: »Was stinkt denn hier so?«

»Diesel«, gab einer der Uniformierten zur Erklärung, »alles voll mit Diesel. Und jede Menge abgebrannte Streichhölzer. Gerade so, als hätte jemand ein Feuer machen wollen, aber nicht gewusst, dass Diesel nicht auf die gleiche Weise entflammbar ist wie Benzin.«

»Verstehe«, sagte Regina, »sonst noch was Ungewöhnliches?«

»Ja, hier«, entgegnete der Beamte und deutete auf einen offenstehenden Safe, der in die Wohnzimmerwand eingebaut war.

Roman fuhr mit seiner Hand hinein und holte einen Papierflieger aus dem ansonst leeren Behältnis heraus. Als er das Blatt, aus dem das Teil gefaltet war, näher betrachtete, konnte er erkennen, dass es sich dabei um eine Aufstellung handelte, die unterm Strich ein Minus von 2.300.- Euro auswies.

54. Keiner was gesagt

Es stimmt, ich war an dem Abend im *Kapadokya*«, sagte Demir Özkan, »und ich hatte die Baretta dabei. Ich habe sie herausgezogen und habe zuerst gesagt, dass ich mit dieser Pistole meine Schwester erschießen werde. Ich habe gesagt, dass ich sie erschießen muss, um die Ehre unserer Familie wiederherzustellen.«

Regina und Roman waren direkt von der Kleyerstraße ins Polizeipräsidium gefahren und in den Vernehmungsraum geeilt, wo Demir Özkan bereits saß.

Regina sagte: »Woher hatten Sie denn die Waffe?«

»Von meinem Vater. Wo er sie herhatte, weiß ich nicht. Er hatte sie mir gegeben. Und er hat mir jetzt auch wieder eine andere gegeben gehabt.«

»Was haben denn die anderen Gäste im *Kapadokya* gesagt, als Sie den Mord an Ihrer Schwester angekündigt haben?«

»Nichts. Niemand hatte irgendetwas gesagt. Ich hatte gehofft, dass mich jemand zurückhalten würde, dass jemand sagt: ›Tu das nicht, das ist deine Schwester‹, aber das hat niemand gesagt. Erst später kam jemand rein, der hat dann gesagt, die Ehre der Familie stehe über allem. Und als jüngster Sohn sei es meine Aufgabe, die Ehre unserer Familie wiederherzustellen. Deshalb sei es gut, was ich vorhätte. Und jemand anders sagte dann auch noch, dass wenn ich das hinter mich gebracht hätte, ich auch ein würdiger Nachfolger für den Reifendienst meines Onkels Ibrahim sei. So war das.«

»Und der Mann im Park der Frankenallee? Waren Sie dem in der Nacht begegnet?«

»Nein, war ich nicht. Und er hat auch nicht Ziegenficker zu mir gesagt. Es tut mir leid, dass ich das gesagt habe.«

Regina und Roman sagten nichts.

»Es ging mir sehr schlecht in dieser Nacht«, fuhr Demir fort, »ich war kurz davor, mich selbst umzubringen. Ich bin stundenlang ziellos durch die Stadt gelaufen. Dann habe ich die Pistole in den Main geworfen. Und als Sie dann kamen und mich gefragt haben, ob ich was mit der Erschießung des Mannes im Park der Frankenallee zu tun hätte, habe ich gedacht, wenn ich im Gefängnis bin, kann ich meine Schwester nicht erschießen. Deshalb wollte ich lieber diesen Mord auf mich nehmen. Aber es war natürlich klar, dass mein Vater alles unternehmen würde, um mich freizukriegen. Und es war ein Fehler zu sagen, wo ich die Waffe in den Main geworfen hatte. Aber in dem Moment ging mir einfach zu viel durch den Kopf. Können Sie das verstehen?«

Es dauerte einen Moment, bevor Roman entgegnen konnte: »Sie werden sich für den Mord an Ihrer Schwester verantworten müssen. Nehmen Sie sich einen Anwalt. Unser Verständnis wird Ihnen dabei nicht helfen.«

55. ÜBER LICH

Während der Rückfahrt nach Gießen sprachen Regina und Roman bis zur Raststätte Wetterau kein Wort miteinander. Zu sehr hatte sie mitgenommen, was sie über den Hintergrund von Demir Özkans Ehrenmord erfahren hatten.

»Wir hätten uns seine Familie vorknöpfen sollen«, sagte Roman schließlich, »vielleicht hätten wir dann mitbekommen, dass Demir darauf angesetzt war, seine Schwester umzubringen.«

»Ja, vielleicht. Aber wir haben es nicht. Und damit müssen wir jetzt klarkommen.«

»Wir hätten den Wirt vom *Kapadokya* fragen sollen, was er damit gemeint hat, als er sagte, Demir sei ein guter Junge.«

»Und was glaubst du, was wir dann erfahren hätten? Dass ein guter Junge einer ist, der seine Schwester umbringt, um die Familienehre zu retten? Glaubst du doch selbst nicht.«

»Wahrscheinlich hast du recht. Aber was bleibt uns jetzt unterm Strich. Wir sind keinen Schritt weiter.

Und der Mord an Neuweger wird nur noch nebulöser.«

»Wir müssen etwas übersehen haben. An irgendeiner Stelle sind wir in die falsche Richtung abgebogen. Irgendwo muss ein Fitzelchen sein, das in unserem Mosaik fehlt. Das müssen wir finden.«

»Könnte man so sehen, ja. Aber nur wo?«

»Was ist mit der Frau, die bei Deibel so viel Kleingeld gebraucht hat?«

»Wissen wir nicht. Aber sollte die was mit Neuweger am Hut gehabt haben?«

»Wohl kaum. Vielleicht hatte sie sich wirklich damit am Automaten Kondome gezogen.«

Während die beiden sich stumm in Gedanken verloren, ging Romans Handy. Am anderen Ende meldete sich der Kollege Wagenbach.

Roman bestätigte mehrmals das Gehörte mit »Ja« oder »Aha«, bevor er meinte: »Wenn das so ist, könnten wir dem Mann ja die gute Nachricht gleich selbst überbringen. Wir sind gerade auf der A 5 unterwegs und könnten da kurz vorbeifahren.«

Nachdem das Gespräch beendet war, fragte Regina nach, was los sei. Roman berichtete, dass sich ein Arzt gemeldet habe, der für ein paar Tage verreist gewesen sei. Deshalb habe er nicht mitgekriegt, dass nach jemandem gesucht worden sei, der ein Ohr verloren habe. Der Mann habe gesagt, bevor er weggefahren sei, sei ein Landwirt zu ihm in die Praxis gekommen. Er hätte in mehreren Lagen Panzerband um seinen Kopf geklebt gehabt. Wie ein Osterhase mit Zahnschmerzen habe er ausgesehen. Und wie sich herausgestellt hat, habe dieser Landwirt seine Aussaatmaschine auf GPS-Betrieb umgestellt. Was heißt, dass die Sämaschine vorprogrammiert per GPS-Signal wie beim Navigationsgerät im Auto gesteuert wird und theoretisch auch alleine fahren könnte. Weil dieser Landwirt aber skeptisch war, ob die Maiskörner auch exakt in dem von ihm einprogrammierten Abstand von 36 Zentimeter in den Boden eingeführt würden, hat er sein vollautomatisches Gespann gestoppt und mit einem Zollstock nachgemessen.

Dabei muss er aus Versehen an die Fernbedienung gekommen sein, woraufhin die Aussaatmaschine sich unbeabsichtigt in Bewegung gesetzt und ihm das rechte Ohr abgeschnitten habe.

Hernach habe sein Hund sich das Ohr geschnappt und sei damit vermutlich in das Waldstück geflohen, um es dort zu verbuddeln, wie er es ansonsten gerne mit Knochen oder Fleischbrocken mache.

An dieser Stelle unterbrach Roman seine Ausführung und meinte, Regina solle doch bitte die Ausfahrt in Richtung Lich nehmen.

»Ich hatte gemeint, dann könnten wir dem Mann, der da in Verdacht geraten war, jemanden umgebracht zu haben, diese entlastende Nachricht doch kurzerhand persönlich überbringen.«

An der Ausfahrt Richtung Lich setzte Regina den Blinker nach rechts.

56. GNADENSCHUSS

Vor dem Haus von Klaus Volkmann parkte ein weißer Renault Koleos, als die beiden Ermittler eintrafen. Nachdem sie Volkmann darüber in Kenntnis gesetzt hatten, dass der gegen ihn geäußerte Verdacht ausgeräumt sei, hielt seine Freude darüber sich in Grenzen. Auf Nachfrage räumte er unumwunden ein, dass es ihm nicht gutgehe.

Als er sich eine Flasche Licher Export aus dem Kühlschrank holte, fragte er: »Für Sie auch eins?«

Regina und Roman lehnten dankend ab.

Während er den Kronkorken von der Flasche abhebelte, fragte er, ob man extra hergekommen sei, um ihm diese Nachricht zu übermitteln.

»Nein, wir waren auf der Rückfahrt von Frankfurt. Da lag es fast auf der Strecke.«

»Sie hätten mich doch einfach anrufen können.«

»Stimmt, hätten wir. Aber irgendwie geht es uns heute auch nicht so gut.«

»Stress bei der Arbeit?«

»Kann man so sagen, ja. Haben Sie davon gehört, dass in Frankfurt ein Immobilienmakler in einem Waschbärkostüm erschossen wurde?«

»Ein Immobilienmakler?«

Man hätte meinen mögen, dass er eher über den Beruf des Toten erstaunt war, als darüber, dass der Mann zu Tode gekommen war.

»Ja, ein Immobilienmakler«, sagte Roman, »im Park der Frankenallee. Kennen Sie den?«

»Tut mir leid, aber in Frankfurt kenne ich mich gar nicht aus.«

»War ja auch nur eine Frage.«

»Wie gesagt: Tut mir leid. Prost.« Er nahm einen kräftigen Schluck aus seiner Flasche.

»Mal 'ne Frage«, richtete Regina sich nochmals an Volkmann, »vor Ihrer Tür, der weiße SUV …?«

»Das ist ein Renault Koleos.«

»Waren Sie mit dem Auto in letzter Zeit vielleicht doch mal in Frankfurt?«

»Wieso denn das? Warum fragen Sie das?«

Unvermittelt bekam Volkmanns Stimme einen patzigen Unterton.

»Einfach nur so, weil in unserer aktuellen Ermittlung ein weißer SUV eine gewisse Rolle spielt.«

»Soll das heißen, dass Sie mir doch was anhängen wollen oder was?«, echauffierte Volkmann sich, was Regina und Roman mit einer gewissen Verwunderung registrierten.

»Sagen Sie, Herr Volkmann«, sagte Roman nun in einem Tonfall, der von dem Motto »Butter bei die Fische« hätte apostrophiert werden können, »wo haben Sie die

Nacht verbracht, nachdem das abgeschnittene Ohr gefunden worden war?«

»Bei meiner Frau. Wo sonst?«

»Und Sie sind sicher, dass Ihre Frau das auch bestätigen würde?«

Nun nahm er einen noch größeren Schluck aus der Flasche. »Nein, das bin ich nicht.«

»Und warum nicht?«

»Weil sie nicht mehr hier ist.«

»Wo ist sie denn dann«?

»Weg.«

»Wie ›weg‹?«

»Weg halt. Mit einem anderen. Was geht Sie das an?«

»Das tut uns leid.«

»Braucht es nicht. Können Sie ja nichts für.«

»Aber unterm Strich heißt das nun mal, dass Sie kein Alibi haben für die Nacht.«

»Was wollen Sie von mir?«

»Könnte es sein, dass Ihnen in letzter Zeit mal Blutspuren auf der Kühlerhaube ihres Renaults aufgefallen sind?«

»Wie kommen Sie denn darauf?«

»Das ist eine ganz einfache Frage. Ganz einfach, um mit Ja oder Nein beantwortet zu werden.«

»Wozu soll das denn gut sein?«

»Ja oder nein.«

»Natürlich nicht, nein.«

»Herr Volkmann«, setzte Roman nochmals eindringlich an, »ich kann mich nicht des Eindrucks erwehren, dass Sie uns nicht die Wahrheit sagen.«

»So, jetzt reicht's aber. Verlassen Sie unverzüglich mein Haus.«

»Nein, das tun wir nicht. Und wenn Sie nicht augenblicklich Tacheles reden, fordern wir auf der Stelle unsere Kollegen von der Spurensicherung an, damit die sich Ihre Kühlerhaube vornehmen. Und Sie können sicher sein, dass die Herrschaften noch Blutspuren sicherstellen, wenn die vor Jahren mit allen möglichen Reinigern entfernt wurden. Also?«

Und Regina legte noch nach: »Hören Sie, Herr Volkmann, wir sind nicht die Spezialisten vor dem Herrn, wenn es darum geht, die Herkunft von Lackschäden zu rekonstruieren. Aber in unserem Präsidium gibt es Menschen, die nichts anderes tun den lieben, langen Tag. Verstehen Sie, was ich meine?«

Volkmann brauchte noch ein Bier.

»Ja, ich war an dem Abend nicht zu Hause.«

»Sondern?«

»Ich war mit meinem Renault im Gallus. Ich hatte ihn in der Frankenallee geparkt, in der Nähe der Trinkhalle. Und als ich zurückkam, waren da auf der Kühlerhaube Blutspuren. Ich habe mir nichts dabei gedacht und habe sie entfernt.«

»Aha. Und wie? Wie haben Sie die entfernt?«

»Ich habe draufgepinkelt.«

»Sie haben auf Ihre Kühlerhaube uriniert?«, fragte nun Regina nach.

»Ja, und dann noch mit einem Tempo-Taschentuch weggewischt, das habe ich. Auf dem Parkplatz des Ruderdorfes in Oberrad. Wenn Sie es genau wissen wollen.«

»Was haben Sie denn da gemacht?«, fragte Roman.

»Ich war durch die Stadt gefahren. Ziellos. Und so bin ich irgendwann da gelandet.«

»Ziellos? Warum das?«

»Ich war ruiniert. Ich hätte nicht auf ihn hören sollen. Aber hinterher ist man immer schlauer. Er hatte gesagt, wir müssten diesen Drecksäcken von Jägern einen vor den Bug knallen, das hat er gesagt. Ich müsste nur zur Polizei gehen und Anzeige erstatten, dass bei mir zwei Waschbären ermordet wurden. Alles ganz einfach. Es konnte ja niemand damit rechnen, was die Polizei für einen Bohai abzieht, um den Tod von zwei Waschbären aufzuklären. Jedenfalls, als mir eröffnet wurde, dass gegen mich Strafanzeige wegen Vortäuschung einer Straftat gestellt würde, ging mir ziemlich die Muffe. Deshalb hatte ich Neuweger angerufen. Ich hatte ihm gesagt, dass ich die Suppe nicht alleine auslöffeln würde, dass er sich gefälligst zu seiner Mittäterschaft bekennen solle. Aber er wollte nichts davon hören. Er hatte gesagt, ich solle mich nur nicht so anstellen wie ein Mädchen. In dem Moment sind bei mir alle Sicherungen durchgeknallt. Ich habe mir die Pistole genommen, die ich hatte, um im Notfall Tieren einen Gnadenschuss geben zu können und bin losgefahren nach Frankfurt.«

»Und dort? Was ist dort passiert?«

»Ich wollte direkt zu ihm in die Wohnung. Als ich vor dem Haus angekommen war, kam er gerade heraus. Ich habe ihn gleich erkannt, weil er das Waschbärkostüm anhatte wie bei unseren Demonstrationen gegen die Jäger. Ich habe ihn angesprochen und wollte ihn zur Rede stellen. Er hat mich aber voll abblitzen lassen. Wer ich überhaupt sei, hatte er gesagt, er würde mich gar nicht kennen, ich solle gefälligst abhauen und ihn in Ruhe lassen. Da ist es mit mir durchgegangen. Ich wollte nicht auf ihn schießen, ich wollte ihm nur einen Schrecken einjagen, aber so abgebrüht, wie er mit mir umgesprungen war, habe ich ihm doch hinterhergeschossen. Aber es war nicht Boris Neuweger, auf den ich geschossen habe, sondern sein Bruder Christian. Den habe ich doch überhaupt nicht gekannt.«

57. SPÄTES GLÜCK

Am nächsten Morgen konnte Regina endlich ihre Mutter besuchen. Nachdem sie berichtet hatte, was sich im Haus von Albert Rinn zugetragen hat, fiel die alte Dame aus allen Wolken.

»Was für ein Albert?«, sagte sie, »wer soll das sein?« Ganz offensichtlich hatte sie keinen Schimmer, was sie noch vor wenigen Tagen zum Besten gegeben hatte.

Regina vermied es, auch nur mit einem Wort die Hochzeit zu erwähnen, von der ihre Mutter zuvor gesprochen hatte.

Schließlich nahm die alte Dame Regina in den Arm und drückte sie liebevoll an sich. »Ach, weißt du, Kindchen«, sagte sie, »manchmal glaube ich, dass du Dingen, die um dich herum geschehen, Bedeutungen gibst, die sie schlichtweg nicht haben.«

»Ja, Mutti«, entgegnete Regina, »manchmal glaube ich das auch.«

Etwa zur gleichen Zeit wurde Roman in den Eingangsbereich des Polizeipräsidiums Mittelhessen gerufen, weil dort jemand sei, der ihn dringend sprechen müsse. Wie sich herausstellte, handelte es sich um den Fahrprüfer, den Roman bei seiner Führerscheinprüfung so schändlich übergangen hatte.

»Guten Morgen, Herr Worstedt«, sagte der Mann, »ich hatte schon ein paarmal angerufen, aber Sie waren immer unterwegs.«

»Tut mir leid, wir hatten einen Fall in Frankfurt …«

»Geht mich ja nichts an. Aber ich wollte Ihnen doch endlich Ihren Führerschein aushändigen.«

»Soll das heißen, ich habe die Prüfung bestanden?«

»Das haben Sie. Und wenn ich mir erlauben darf, das zu sagen: sogar mit Bravour. Wie Sie sich da in der Stresssituation am Bahnübergang verhalten haben, das war schlichtweg vorbildlich. Hier bitte …« Mit diesen Worten übergab er Roman den Führerschein und ließ sich die Aushändigung quittieren.

Roman fiel es nicht leicht, seine Freude im Zaum zu halten.

»Dann bin ich gewissermaßen seit dem Tag der Prüfung im Besitz einer Fahrerlaubnis?«

»Das sind Sie, jawoll. Sie hätten also zwischenzeitlich längst wieder Auto fahren dürfen.«

Als Roman zurück in sein Büro kam, stieß er einen kurzen Schrei aus, wie man ihn ansonsten eher von Jürgen Klopp gewohnt war, wenn dessen Mannschaft ein entscheidendes Tor erzielt hat. Im Schwung dieser Freude wählte er eine Nummer in der Vitos-Klinik und hatte auch gleich Mareike Rühl dran. Nach einigen Erklärungen, warum er sich erst jetzt melde, und ihrerseits die Neuigkeit, dass sie Zeugin eines Mordes auf ihrer Arbeit geworden sei, verabredete man sich für den frühen Abend in der Weinstube Steinstraße.

Unmittelbar nachdem Mareike aufgelegt hatte, trat eine Kollegin in den Raum. Sie verkündete, dass da jemand zu ihr wolle.

Auf dem Krankenhausflur standen ein Mann und eine Frau, beide um die Dreißig.

»Guten Tag, Frau Rühl«, sagte die Frau, »mein Name ist Jasmin Rohrbach. Wir haben miteinander telefoniert.«

Mareike fragte: »Sie sind die Tochter von Frau Peters, richtig?«

»Ja, das stimmt. Das ist mein Mann«, stellte sie Berthold vor.

»Das tut mir sehr leid, was mit Ihrer Mutter geschehen ist«, sagte Mareike, »ich habe ihre Sachen schon mal zusammengestellt. Kommen Sie.«

Sie gingen den Krankenhausflur entlang, an dessen Ende ein Transportwägelchen stand, auf dem die Habseligkeiten von Reinhild Peters lagen. Als die drei fast bei dem Wägelchen angelangt waren, überkam die Tochter der Toten ein Heulkrampf, aus dem sie nicht mehr herausfand. Es schien, als hätten die Sachen ihrer Mutter in ihr Erinnerungen ausgelöst, derer sie nicht Herr werden konnte.

Berthold fischte aus seiner Hosentasche einen Zwanzig-Euro-Schein und hielt ihn der Krankenschwester hin.

»Hören Sie, Schwester«, sagte er, »wir haben über Jahre hinweg viele schlimme Dinge mit der Mutter meiner Frau erlebt, sodass wir im Moment eher ein Gefühl der Entlastung verspüren als Trauer. Wir möchten mit dem Thema gerne endgültig abschließen. Können Sie uns daher einen Gefallen tun und die Sachen von ihr einfach entsorgen. Wir wären Ihnen von ganzem Herzen dankbar.« Mit diesen Worten drückte er Mareike den Geldschein in die Hand. »Verstehen Sie uns nicht falsch«, versuchte er sich nochmals zu erklären.

Jasmin drückte sich, verheult wie sie war, an die Schulter ihres Mannes, und gemeinsam gingen sie den Flur hinunter Richtung Ausgang.

Und im Hintergrund öffnete Mareike den kleinen, silbermetallenen Koffer, der sich unter Reinhilds Nachlass befand und den sie zuvor auf dem Transportwägelchen deponiert hatte.

Und wie es schien, leuchtete der Schwester aus dem Innern des Köfferchens ein warmes, goldfarbenes Licht entgegen.

NACHWORT & DANKE

Danke an alle, die mir bei der Entstehung dieses Buches hilfreich zur Seite standen, insbesondere …

… Prof. Dr. Marcel A. Verhoff, den Direktor des Instituts für Rechtsmedizin am Universitätsklinikum Frankfurt am Main, für seine Unterstützung in allen rechtsmedizinischen Fragen.

… meine endlos geduldige Frau Ritchie sowie unsere Freunde Nora und Bernd Laiacker, deren Kritik und Anregungen als Testleser ich stets gerne aufgegriffen habe.

… meinen Lektor Volker Maria Neumann für seine wertvolle Arbeit an meinem Text, der ohne sein unermüdliches Engagement unzählige Fehler aufweisen würde.

Wenn in dem Buch trotz der vorgenannten Unterstützungen Fehler auffallen, so gehen selbige einzig und alleine auf meine Kappe.

Obwohl in der Handlung bisweilen Einrichtungen, Institutionen oder Orte auftauchen, die es auch in der Wirklichkeit gibt, so sind deren Hintergründe und Einbindungen in das Geschehen gleichermaßen frei erfunden wie die gesamte Handlung des Romans und die darin auftauchenden Personen.

Charly Weller – August 2019